AVANTESMAS

13 HISTÓRIAS CLÁSSICAS DE FANTASMAS

Recontadas por Claudio Blanc

Ilustradas por Kako

2ª edição
1ª reimpressão

Yellowfante

Copyright © 2014 Claudio Blanc

Todos os direitos reservados pela Autêntica Editora Ltda.
Nenhuma parte desta publicação poderá ser reproduzida,
seja por meios mecânicos, eletrônicos, seja via cópia
xerográfica, sem a autorização prévia da Editora.

EDIÇÃO GERAL
Sonia Junqueira

COORDENAÇÃO EDITORIAL, PRODUÇÃO
E EDIÇÃO DE TEXTO
Ab Aeterno Produção Editorial

PREPARAÇÃO DE TEXTO
Patricia Vilar

REVISÃO
Lúcia Assumpção
Camile Mendrot
Helena Dias

ILUSTRAÇÃO
Kako

PROJETO GRÁFICO
DE CAPA E MIOLO
Diogo Droschi

Dados Internacionais de Catalogação na Publicação (CIP)
(Câmara Brasileira do Livro, SP, Brasil)

Blanc, Claudio
    Avantesmas : 13 histórias clássicas de fantasmas /
recontadas por Claudio Blanc ; ilustradas por Kako. --
2. ed.; 1. reimp. -- Belo Horizonte : Yellowfante, 2021.

    ISBN: 978-85-513-0841-7

    1. Ficção - Literatura juvenil I. Kako. II. Título.

20-32850   CDD-028.5

Índices para catálogo sistemático:
1. Ficção : Literatura juvenil 028.5

Iolanda Rodrigues Biode - Bibliotecária - CRB-8/10014

A **YELLOWFANTE** É UMA EDITORA DO **GRUPO AUTÊNTICA**

Belo Horizonte
Rua Carlos Turner, 420
Silveira . 31140-520
Belo Horizonte . MG
Tel.: (55 31) 3465 4500

São Paulo
Av. Paulista, 2.073 . Conjunto Nacional
Horsa I . Sala 309 . Cerqueira César
01311-940 . São Paulo . SP
Tel.: (55 11) 3034 4468

www.editorayellowfante.com.br

SAC: atendimentoleitor@grupoautentica.com.br

*Para Júlia, Lívia, Giovanna e
Caio, que sempre me pedem para
contar histórias como estas.*

9 Prefácio

11 A aparição
GUY DE MAUPASSANT

22 O ladrão de corpos
ROBERT LOUIS STEVENSON

40 Na catacumba
H. P. LOVECRAFT

54 A missa das sombras
ANATOLE FRANCE

62 Ligeia
EDGAR ALLAN POE

77 Espíritos
IVAN TURGUÊNIEV

102 O funil de couro
ARTHUR CONAN DOYLE

115 Um estranho episódio na vida
de Schalken, o Pintor
JOSEPH SHERIDAN LE FANU

131 A maldição do fogo e das sombras
WILLIAM BUTLER YEATS

142 Lázaro
LEONID ANDREIEV

157 O Rio das Tristezas
PU SONGLING

165 O monge negro
ANTON TCHEKHOV

190 A câmara atapetada
WALTER SCOTT

PREFÁCIO

A vida é envolta em um grande mistério. Não sabemos por que estamos aqui, nem de onde viemos e, muito menos, para onde iremos.

Continuaremos a existir depois da morte?

Essa parece ser a pergunta mais aflita, mais pungente que homens e mulheres têm feito ao longo das eras.

"Morte, país desconhecido de onde nenhum viajante jamais retornou", ponderou Shakespeare pela boca de Hamlet. Ou será que voltam como fantasmas?

Todos os povos, em todos os tempos e lugares, têm uma palavra para "fantasma" ou "espírito". De fato, as histórias de fantasmas povoam a imaginação do homem desde o começo dos tempos. Nelas, os espíritos dos mortos aparecem como uma névoa indefinida, uma presença invisível, uma sombra, ou surgem até com aspecto idêntico ao que tinham em vida.

Alguns são aterrorizantes, vingativos. Outros trazem um aviso, um vaticínio. Todos os que voltam, porém, assombram algum lugar ou alguma pessoa que tenha feito parte de sua vida. Almas penadas que vagam pelo mundo dos vivos, carregadas de dor ou de saudade, sempre causando medo a quem encontram. Por isso, as culturas tradicionais desenvolveram rituais de pacificação, a fim de acalmar os espíritos dos mortos. Magos, feiticeiros e necromantes invocam a proteção ou a ajuda dos espíritos daqueles que já se foram. Há até mesmo grandes festivais nos quais os mortos "voltam" para celebrar junto com os vivos. Em muitos deles, um banquete é servido aos fantasmas.

E como a arte imita a vida, vários escritores também exploraram o tema. Na verdade, quase todo grande escritor tem uma história de fantasma. Alguns deles, como Sheridan Le Fanu e H. P. Lovecraft, viraram especialistas nesse gênero.

Avantesmas reconta treze histórias clássicas de fantasmas escritas por alguns dos maiores mestres da Literatura. São contos criados em um tempo iluminado por velas, com as chamas projetando sombras estranhas que faziam o pensamento voar e a pele arrepiar.

Procurei respeitar, como não poderia deixar de ser, a imaginação desses escritores, adaptando, porém, sua linguagem, desbastando rebuscamentos de estilo para tornar as histórias mais acessíveis ao leitor moderno. Ao mesmo tempo, tentei deixar algum resquício de seus estilos: um convite a quem quiser ler os originais.

São treze histórias instigantes, algumas, assustadoras, outras, repugnantes, que evocam encantamento e mistério. Contos que atiçam nossas dúvidas e nos fazem pensar: será que os mortos voltam mesmo desse país desconhecido chamado Morte?

A resposta, caro leitor, talvez você encontre em sua mente... ou em seu coração.

Claudio Blanc

1. A aparição
Guy de Maupassant

O medo é uma emoção indomável. Pode nos levar à loucura ou a cometer atos impensados. Agarra nossa mente e penetra em todas as fibras nervosas. O corpo reage. Cabelos em pé. Arrepios. Suores frios. Adrenalina. O medo é a sensação que antecede a morte, o último sentimento que muitos experimentaram. Nada pior que sentir medo.

Despertado por uma ameaça, o medo é uma emoção universal (afinal, todo mundo tem medo de alguma coisa, em menor ou maior grau); é um mecanismo de sobrevivência que nos permite reconhecer o perigo e fugir, ou enfrentá-lo.

Mas não há só um tipo de medo. A literatura gótica chama de "terror" o medo que antecede uma experiência aterrorizante (ou terrível, ou dolorosa), e de "horror" a sensação de repulsa que surge depois de viver algo tétrico. Modernamente, poderíamos chamar o "terror" dos góticos de "ansiedade" e seu "horror", de "trauma".

O medo – seja terror ou horror – pode dominar a vida de uma pessoa. E o pior tipo de medo não é aquele que vem de ameaças verdadeiras, nem de monstros, vampiros ou lobisomens, mas o medo que se instala no fundo da mente e faz os olhos verem coisas que talvez não estejam lá, e os ouvidos escutarem sons inaudíveis. Vozes falam dentro da sua cabeça, e sombras se movem às suas costas. Há sempre uma forma obscura esperando na escuridão. Nos cantos da casa. Atrás dos muros e das árvores do parque. A ameaça, porém, nunca toma forma. Paira no ar, envolve tudo o que você faz. Espreita seus passos de dentro da sua mente. Algo invisível está sempre observando, ameaçando. É o terror, o medo que antecipa o golpe – que muitas vezes nunca vem.

Henry René Albert Guy de Maupassant (1850-1893), autor francês, um dos maiores contistas da literatura universal, escreveu diversas histórias sobre o medo. Mas o sobrenatural em Maupassant é quase sempre um sintoma da mente perturbada do protagonista. Na verdade, o próprio Maupassant sofria de ansiedade e depressão. Um de seus contos de terror mais famosos, "O Horla", escrito na forma de um diário, trata desse tema. O personagem narra a evolução da sua loucura até o suicídio, sem saber se está mesmo ficando insano ou se está sendo assombrado por um ser que só ele percebe, o qual resolveu chamar de "Horla", combinando as palavras francesas *"hors"* (fora) e *"là"* (lá). O conto parece ser uma profecia, pois Maupassant passou os últimos dezoito meses da vida em um hospital psiquiátrico, depois de tentar se suicidar. Provavelmente já estivesse sofrendo de doença mental quando escreveu "O Horla".

Guy de Maupassant, considerado o pai do conto moderno, vinha de um lar desfeito. Nascido em uma próspera família burguesa, quando tinha onze anos sua mãe se separou de seu pai – o que, na época, praticamente a tornava uma excluída social, malvista e maldita. Guiado por Gustave Flaubert, autor de *Madame Bovary*, um clássico da literatura ocidental, Maupassant passou a frequentar, ainda jovem, o círculo de autores realistas e naturalistas, do qual faziam parte gênios da literatura como Ivan Turguêniev e Émile Zola. Esse grupo ajudou a desenvolver duas importantes escolas literárias que surgiram a partir de meados do século XIX, o Realismo e o Naturalismo.

O Realismo, que tem Machado de Assis e Liev Tolstói como seus mais célebres representantes, procura retratar o mundo de acordo com a realidade objetiva, sem qualquer enfeite ou interpretação. Já o Naturalismo, a escola à qual Maupassant pertence, é uma radicalização do Realismo. Os autores naturalistas buscam mostrar que o indivíduo é determinado pelo ambiente e pela sua origem social e, para fazer isso, carregam nas cores da realidade. Guy de Maupassant flertou com os dois estilos, mas pendeu para o Naturalismo.

Autor de sucesso, Maupassant ficou rico com os contos e romances que escreveu. O estilo econômico, o ritmo preciso e as conclusões rápidas e brilhantes de seus contos conquistaram um público fiel e ansioso por seus textos. E ele correspondeu a essa demanda. Prolífico, nos anos de maior atividade – que correspondem principalmente ao período entre 1880 e 1891 – escreveu cerca de trezentos contos, seis romances, três livros de viagem e um de poesia. No final do século XIX, Maupassant era, provavelmente, o escritor mais lido do mundo. Avesso a companhia, preferia a solidão e viajava muito – principalmente no seu iate, o Bel-Ami, nome de seu primeiro romance. De cada viagem, trazia um novo livro.

No final de sua curta vida, estava cada vez mais paranoico, com mania de perseguição e medo da morte (como alguns personagens de seus contos). Em janeiro de 1892, tentou cometer suicídio, cortando a garganta, mas foi salvo e internado em um sanatório particular, onde morreu, em julho do ano seguinte, em consequência das complicações da sífilis que o atormentava desde o começo da vida adulta.

A história a seguir trata de uma experiência terrível, que assombrou a vida de um homem por mais de cinquenta anos: o horror despertado por um acontecimento sobrenatural. A partir de então, o personagem é dominado pelo terror de que aconteça um novo encontro com o inexplicável. Ameaçado pelo medo. Medo de ficar sozinho. Medo dos mortos que voltam ao mundo dos vivos...

A APARIÇÃO
Guy de Maupassant

Naquela noite, estávamos todos reunidos em uma velha mansão parisiense – um pequeno grupo de velhos amigos. Chovia muito e trovejava, o que conferia um clima lúgubre à noite e que, de certa forma, animava nossa reunião. Aquela atmosfera nos inspirou a contar histórias sobrenaturais. Todos nós conhecíamos pelo menos uma, mas o dono da mansão pediu que alguém contasse uma história verdadeira, que realmente tivesse acontecido. Fez-se silêncio, pois todos nós tentávamos nos lembrar de uma história sobrenatural verdadeira. Então, o velho marquês de Tour-Samuel levantou-se e, apoiando-se no consolo da lareira, começou a falar, com sua voz trêmula:

– Certa vez aconteceu algo muito estranho comigo. Tão estranho que tem assombrado minha existência desde então. Foi há cinquenta e seis anos e, mesmo tendo acontecido há tanto tempo, não se passa uma só semana sem que eu sonhe de novo com o ocorrido. Durante cerca de dez minutos vivi um terror tão intenso que, desde então, o pavor que senti continua comigo, infernizando-me. Barulhos repentinos me assustam, e as formas indistintas de objetos na sombra me dão uma vontade incontrolada de fugir. Nunca contei isso antes, mas, agora que já tenho oitenta e dois anos, posso confessar: essa experiência me deixou com medo do escuro, das sombras, da solidão.

Alguns de nós não pudemos conter o riso. Percebendo isso, o velho marquês se apressou em explicar:

– Não me julguem pelo que não sabem. Nunca fugi do perigo verdadeiro. Mas não há nada pior do que o medo imaginário, o medo do desconhecido, do inexplicável. Esse medo é incontrolável – explicou o velho.

Nós nos calamos. Ele continuou:

– Meu medo é tanto que nunca contei esse caso a ninguém. Esta é a primeira vez. Não vou tentar explicar nada. Julguem por vocês mesmos.

O marquês fez uma pausa e se endireitou, afastando-se um pouco da lareira. Todos os olhares o seguiram.

– Em julho de 1827 – prosseguiu –, quando ainda servia o exército, eu estava estacionado com minha companhia na cidade de Rouen. Um dia, passava pelo cais quando vi um homem que achei que conhecia, mas não sabia de onde. Parei instintivamente na frente dele, que imediatamente me reconheceu. Era um grande amigo do tempo da adolescência que eu não via havia cinco anos. Contudo, nesse tempo, ele parecia ter envelhecido meio século. Seu cabelo já estava muito branco, e ele ainda não tinha trinta anos. Andava encurvado, como se estivesse exausto. Pelo jeito, entendeu a surpresa com que o olhei e me contou sobre a tragédia que caiu sobre ele.

"Poucos anos depois do nosso último encontro, conheceu uma moça por quem ficou completamente apaixonado e com quem se casou. Ele mal cabia em si de tanta felicidade. Mudaram-se para um *château* no campo, onde nada faziam além de aproveitar a companhia um do outro. Mas a pior desgraça se abateu sobre eles. Menos de um ano depois do casamento, ela morreu. Tinha o coração fraco... Deprimido, no dia do funeral, meu amigo trancou o *château* e nunca mais voltou para lá. Não podia retornar ao lugar onde tinha sido tão feliz com a mulher que nunca mais poderia ter. Veio viver na cidade, sozinho e infeliz – tão dominado pela tristeza que, muitas vezes, pensava em se suicidar.

"Ele acabou de contar isso e, em seguida, me pediu um favor. Eu deveria ir até a casa de campo e pegar, na escrivaninha do quarto do casal, algumas cartas de que precisava com urgência. Explicou que não podia mandar um empregado porque as cartas tratavam de assuntos pessoais, e ele precisava de alguém de confiança para ir buscá-las. Meu amigo admitiu também que jamais poderia ir ele mesmo, pois uma visita à sua antiga casa despertaria lembranças que o deixariam ainda mais deprimido. Pediu que o encontrasse na manhã seguinte, para tomarmos café juntos. Então, me daria as chaves do quarto e da escrivaninha e uma carta pedindo que o jardineiro abrisse a casa para mim. Respondi que faria o favor de bom grado. Afinal, seu *château* ficava a apenas uma hora de cavalgada do quartel, e o passeio seria agradável..."

Um trovão rugiu alto na noite, assustando as pessoas. Algumas mulheres chegaram a deixar escapar gritinhos de susto. Depois, silêncio. Estávamos atentos, esperando a história. O marquês tinha conquistado nossa atenção. Ele pigarreou e continuou.

– Na manhã seguinte, fui tomar café com meu amigo. Mas ele mal falou. Desculpou-se dizendo que a visita que eu iria fazer àquele quarto, cenário da sua felicidade, agora tão morta quanto sua mulher, o deixara muito perturbado. Estava, de fato, agitado e preocupado, como se suas emoções travassem uma batalha dentro dele. Explicou exatamente onde eu encontraria as cartas, pedindo que não lesse o conteúdo delas. Não gostei da desconfiança e disse isso a ele, que, aturdido com o próprio comportamento, desculpou-se com lágrimas nos olhos. Sofria visivelmente.

"No começo da tarde, deixei-o e me dirigi ao *château*, cavalgando através dos campos. O tempo estava perfeito. O céu de um azul profundo, sem nuvens. A brisa suave carregando o cheiro das folhas e da relva. Cotovias cantando a beleza da tarde. A luz pintando meu caminho com cores vivas. Mas a visão da casa de meu amigo contrastou tristemente com a beleza do caminho. O gramado estava crescido, descuidado. O portão, caído, de pé apenas por ter despencado sobre uma moita, que o escorou. Não se distinguiam as floreiras, repletas de mato. Tudo parecia abandonado havia muito, muito tempo. Era como se a casa e o jardim tivessem morrido com sua dona e, como ela, estivessem se decompondo.

"Fui recebido pelo jardineiro, a quem entreguei a carta. Ele a leu e releu e me disse hesitante que a casa estava lacrada. Mas eu insisti e ele me olhou assombrado. 'O senhor vai mesmo entrar no quarto dela?', perguntou. 'Nunca mais foi aberto, desde a morte e...', o jardineiro hesitou um momento e continuou, '... às vezes ouvimos lamentos vindos da casa...'. Respondi com irritação, ordenando que parasse com superstições. Eu entraria imediatamente. Com a ajuda do jardineiro – um velho esquálido e desdentado, que respirava pela boca e tossia muito –, retirei as tábuas que lacravam a porta da cozinha e entrei. O homem voltou à sua casa, fora dos limites da propriedade. Estava visivelmente perturbado.

"O *château* estava na mais completa escuridão. Procurei uma vela na cozinha, mas não achei. Continuei no escuro, por um corredor que levava a uma grande sala onde estavam as escadas para o andar de cima. Lá, encontrei o quarto do casal. Com a chave que meu amigo me dera, abri a porta e entrei. A penumbra me impedia de distinguir o lugar. Um cheiro indescritível me aturdiu. Não chegava a ser nauseante, mas percebia um traço forte e adocicado, como o cheiro de algo que começa a se decompor. Também havia um resquício de perfume agradável, que me pareceu de pétalas de rosa. Ao tentar remover algumas tábuas da janela para entrar um pouco de luz no quarto, percebi que aquele cheiro é o mesmo que se sente em um velório: cheiro de cadáver e de flores.

"Não consegui abrir a veneziana – os trincos estavam enferrujados –, mas, com o punho de minha espada, quebrei um pedaço da madeira e abri uma pequena fresta, da qual vazou uma réstia de luz. Virei-me e, com a pouca claridade que entrou no quarto, pude ver alguns poucos móveis e uma grande cama, sem lençóis, mas ainda com o colchão e os travesseiros. Estranhamente, os travesseiros estavam afundados, como se a cabeça de alguém tivesse repousado neles recentemente. Notei, em um canto, uma porta, a qual, provavelmente, levava a um quarto contíguo. Estava fechada.

"Perturbado, sem saber o que me incomodava, fui até a escrivaninha. Queria pegar as cartas e sair dali o quanto antes. Sentei-me e, com a chave, abri a gaveta de onde retirei um maço de cartas. Inclinei-me e, tateando, tentava achar o segundo maço de cartas. Na escuridão, esforçava-me para conseguir ler os envelopes que encontrava. Franzia os olhos, concentrado em tentar entender o que estava escrito. De repente, ouvi – ou senti, não sei ao certo – o barulho de alguma coisa farfalhando atrás de mim. Não liguei, imaginando que uma corrente de vento havia movido a cortina. Continuei procurando o maço de cartas que faltava. Mas, de novo, senti algo se movendo quase imperceptivelmente atrás de mim. Dessa vez, fui tomado por uma sensação estranha, desagradável, que fez minha pele arrepiar. Não me virei, porém. Encontrei o segundo envelope e, nesse momento, ouvi nitidamente um suspiro longo e sofrido bem nas minhas costas. O som era tão apavorante que saltei da cadeira, virando-me para ver quem suspirara com tanta agonia.

"Uma mulher alta, vestida com uma longa camisola branca, me olhava, de pé ao lado da cadeira onde eu estivera sentado um instante antes. Um tremor se apoderou de mim e, por um momento, achei que minhas pernas fossem ceder ao meu peso. Fui tomado por um terror irracional. Minha mente ficou vazia. O coração parecia ter parado de bater e todo o meu corpo ficou mole.

"Até então, eu não acreditava em fantasmas. Pensava que eram superstições de gente ignorante. Mesmo assim, experimentei um terror horrível, um medo irracional dos mortos – dos que já se foram, já se decompuseram e que não poderiam mais voltar para esta vida. Então, a mulher falou. Sua voz era tão doce quanto triste e tocou meus nervos profundamente. Eu estava congelado, sem reação. E a mulher pálida, com um olhar vago como se visse através de mim, pediu: 'Senhor, eu lhe peço, preciso que me faça um favor'. Meu terror não me deixou responder. Tentei falar, mas só consegui produzir um som gutural, como o de um animal acuado, prestes a receber o golpe fatal. 'Por favor, senhor', continuou ela, com sua voz sobrenatural. 'O senhor pode me salvar. Pode me curar. Oh, o senhor não sabe o quanto eu sofro. Ah, como sofro!', disse e sentou-se na cadeira da escrivaninha onde eu estivera, sem tirar os olhos de mim. 'Por favor', tornou a pedir.

"O máximo que consegui fazer foi balançar a cabeça, assentindo. A mulher, então, esticou o braço, dando-me uma escova. 'Escove meu cabelo. Oh, por favor, escove meu cabelo. Isso vai me curar, vai acabar com meu sofrimento', pediu ela com uma tristeza infecciosa na voz. Seu cabelo negro, longo e desalinhado, escorria pelo espaldar da cadeira e tocava o chão. Dominando meu terror, peguei a escova e comecei a fazer o que ela pediu. Tocar aqueles cabelos era como pegar em cobras. Essa sensação permanece comigo desde então. Ainda hoje tremo ao me lembrar dela.

"Não sei por quanto tempo escovei seus cabelos. Em certos momentos, ela chegou a parecer feliz. Suspirava, movia a cabeça, e um leve sorriso se desenhava em seus lábios. De repente, ela me interrompeu, virou-se para mim dirigindo-me aquele olhar vazio e sem vida e me agradeceu. Em seguida, pegou a escova da minha mão e se encaminhou a um canto escuro do quarto, desaparecendo nas sombras.

"Ao me ver sozinho no quarto, senti a confusão e o terror que temos ao acordar de um pesadelo. Aos poucos, fui me recobrando. Fui até a porta que levava ao quarto contíguo, mas ela continuava fechada. Tentei abrir e vi que estava trancada. Forcei-a, mas nada. Fui tomado por um forte desejo de sair daquele lugar o mais depressa possível e, pegando os dois maços de cartas de cima da escrivaninha, foi o que fiz. Desci correndo as escadas, passei pelo corredor, saí pela cozinha e continuei até o portão, onde montei meu cavalo e me fui em disparada, sem nem mesmo avisar o jardineiro que já partia. Só parei quando cheguei aos meus aposentos, no quartel de Rouen.

"Tranquei a porta de meu quarto. Precisava ficar só para tentar entender o que acontecera. Durante quase uma hora me perguntei se não fora vítima de uma alucinação. Certamente, eu tivera um ataque nervoso que me provocou visões. Por algum motivo, havia sido influenciado a ponto de ver coisas que não existem. E, assim refletindo, consegui me acalmar. Tinha certeza de que tivera uma alucinação, uma visão. Mais tranquilo, levantei-me da cadeira onde estivera sentado e me aproximei da janela. Por acaso, meu olhar caiu sobre meu peito e notei, tomando um susto, que meu casaco estava coberto de fios de cabelo – fios negros e longos. Com as mãos trêmulas de medo e de nojo, tirei o casaco e chamei meu ordenança. Pedi que limpasse o casaco e que fosse levar as cartas e as chaves a meu amigo, pois eu estava me sentindo mal e não poderia levá-las pessoalmente. De fato, eu estava perturbado demais para voltar a sair naquele dia.

"Quando o ordenança voltou, disse que meu amigo perguntara de mim e, quando soube que eu estava abatido, ficou muito ansioso.

"Na manhã seguinte, fui procurar meu amigo. Queria contar a ele o que tinha acontecido. Mas ele não estava em casa. Tinha saído na noite anterior e ainda não retornara. Voltei à tarde. Ele, porém, continuava ausente. Depois de uma semana sem notícias, informei as autoridades e uma busca formal foi instituída. Não se descobriu o paradeiro de meu amigo e nenhuma pista sobre seu desaparecimento foi achada. A polícia também inspecionou o *château* abandonado e nada foi encontrado. Tampouco, viram qualquer indício de que uma mulher estivesse se escondendo lá. Depois de um tempo, as investigações foram encerradas. E por cinquenta e seis anos eu nunca mais soube de nada a respeito do meu amigo..."

Um trovão pontuou o fim da história do velho marquês. E, por um tempo, ficamos em silêncio na sala pouco iluminada, sentindo um pouco do terror que ele experimentara em seu encontro com o sobrenatural.

2. O ladrão de corpos
Robert Louis Stevenson

Edimburgo, Escócia. Durante onze meses, entre novembro de 1827 e outubro de 1828, a cidade assistiu atônita a uma série de desaparecimentos. Nesse período, dezessete pessoas sumiram sem deixar rastros no bairro de West Port. A maioria eram mulheres – viúvas, idosas e até mesmo uma mãe e sua filha desapareceram repentinamente. Um garoto cego, um deficiente e um homem também tiveram o mesmo destino. A polícia não tinha pistas. E os sumiços continuaram até que descobriram a causa do mistério quase por acaso.

No final de outubro de 1829, a polícia recebeu uma denúncia contra um imigrante irlandês que vivia com a amante em uma pensão do bairro de West Port, um tal de William Burke. A informante, Ann Gray, avisava que ele tinha assassinado uma mulher e estava escondendo o corpo na pensão. Afirmava que, na noite anterior, quando estivera na pensão, vira a jovem Marjorie Docherty com Burke e que, naquela manhã, voltara ao local e encontrara o cadáver dela, o qual Burke tentava esconder.

Quando a polícia chegou à pensão, não encontrou nenhum corpo, apenas William Burke e sua companheira, Helen McDougal. Como os dois deram respostas contraditórias durante o interrogatório a que foram submetidos, foram presos. Outra denúncia levou à casa de um médico que dava aulas particulares de Anatomia, o doutor Robert Knox. Lá, encontraram o corpo de Marjorie Docherty, que Ann Gray havia visto viva pela última vez na pensão. Em seguida, a polícia prendeu os donos da pensão e cúmplices de Burke, Margaret e William Hare.

As investigações revelaram que Burke e Hare – muitas vezes, com a ajuda de suas mulheres – atraíam as vítimas para a pensão ou para algum lugar remoto do bairro, onde Burke as asfixiava, tapando a boca e o nariz. Em seguida, a dupla vendia os cadáveres ao professor de Anatomia, que pagava cerca de dez libras esterlinas (o equivalente, hoje, a cerca de R$ 2.030,00) por corpo para dissecar em suas aulas. Durante o inquérito, o médico disse que não sabia dos assassinatos e foi absolvido. Como não houvesse prova direta que incriminasse Burke, a polícia ofereceu perdão a Hare se denunciasse seu cúmplice – o que ele fez sem pensar duas vezes.

Burke foi enforcado em janeiro de 1829. Ironicamente, seu cadáver foi dissecado em uma aula pública. O professor de Anatomia Alexander Monro encheu uma caneta tinteiro com o sangue de Burke e registrou: "Escrito com o sangue de William Burke, que foi enforcado em Edimburgo. Este sangue foi retirado de sua cabeça". Seu esqueleto está em exposição até hoje no Museu de Anatomia da Universidade de Edimburgo. Sua pele foi retirada, curtida, tingida e usada para fazer itens como carteiras e encadernações de livros, os quais também estão em exibição no Hall dos Cirurgiões da Universidade.

O escritor escocês Robert Louis Stevenson (1850-1894) baseou-se nesse lúgubre caso para criar um dos contos de horror mais célebres da história da literatura: "O ladrão de corpos", publicado pela primeira vez na edição de Natal da revista *Pall Mall*, em dezembro de 1894.

Stevenson escreveu sua versão da história em junho de 1881. Originalmente, seria parte de um livro de terror que o autor planejava escrever em colaboração com sua esposa e que deveria se chamar *O homem negro e outros contos*. Algumas das histórias que ele criou para esse projeto foram publicadas em revistas, mas "O ladrão de corpos" foi "deixado de lado, com repugnância justificável, pois o conto é horrendo", conforme admitiu Stevenson. No fim, a história acabou sendo publicada na *Pall Mall* quase por acaso. O conto que Stevenson ofereceu à revista, "Markheim", era pequeno demais para o espaço reservado. Por isso, ele acabou enviando "O ladrão de corpos", que tinha o tamanho certo. Na carta que mandou ao editor, Stevenson descreve o texto como capaz de fazer "gelar o sangue de um soldado". A *Pall Mall* fez uma grande campanha publicitária para anunciar o conto. Colocou pôsteres assustadores – ao menos para a época – por toda a cidade de Londres. O público achou os personagens no pôster tão repulsivos que a polícia proibiu os cartazes e mandou a editora retirar das ruas os que já haviam sido afixados.

O conto de Stevenson, além do aspecto tétrico do caso Burke e Hare, inclui, também, uma pitada inesperada de sobrenatural. Mas o tipo de terror que ele explora na sua versão do crime tem mais a ver com as consequências da degradação moral do que com o sobrenatural.

Quando não existem valores morais, ou quando estes são fracos, pode-se tudo, inclusive o hediondo – como dispor da vida humana. Um aspecto importante dessa questão – igualmente abordado por Stevenson – é o da omissão. Não denunciar um crime pode ser cumplicidade. Com efeito, omitir é mentir em silêncio.

A história de Stevenson questiona ainda se a ciência pode estar acima da moral. Para tanto, ele analisa os assassinatos de West Port a partir de outra perspectiva. Seus protagonistas não são os imigrantes pobres Burke e Hare, os fornecedores de cadáveres. Os personagens de Stevenson são jovens médicos motivados pela responsabilidade que seu empregador lhes conferiu – o próprio Robert Knox, a quem o escritor chama simplesmente de doutor K. Agindo em nome da ciência e garantindo bom lucro para eles próprios, os assistentes do doutor K assumem que os fins justificam os meios. Mas Stevenson interfere, mostrando – de modo macabro – que toda ação tem uma reação proporcional.

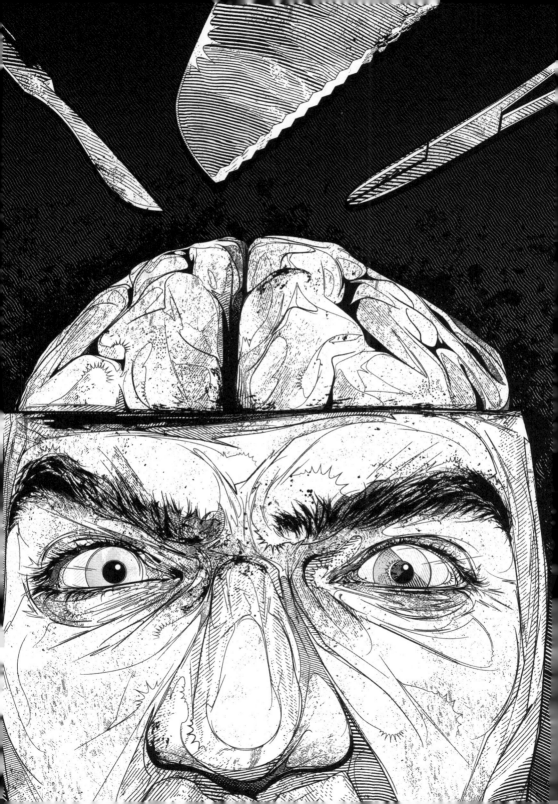

O LADRÃO DE CORPOS
Robert Louis Stevenson

I

Todas as noites, nós quatro – o agente funerário, o estalajadeiro, Fettes e eu – nos reuníamos na estalagem de George, em Debenham, uma pequena vila em Suffolk, Inglaterra. Às vezes, uma ou outra pessoa diferente se juntava a nós, mas chovesse, nevasse ou geasse, estávamos os quatro sempre lá, sentados cada qual em seu lugar, à mesma mesa, no saguão de entrada da estalagem.

Fettes era um velho ébrio escocês. Visivelmente, tinha educação e propriedades, pois não trabalhava para viver – embora irradiasse uma aura de decadência nos modos e no cuidado pessoal. Tinha chegado a Debenham havia muitos anos, quando ainda era jovem, e acabou se tornando parte da paisagem local, quase tanto quanto a velha torre da igreja. O hábito de ir todas as noites à taverna, de nunca frequentar a igreja, suas bebedeiras e outros vícios infames eram assunto na pequena vila de Debenham. Fettes tinha algumas opiniões radicais, as quais enfatizava com murros na mesa. Gostava de rum e bebia cinco copos todas as noites, invariavelmente. Passava a maior parte da sua visita à taberna com o copo na mão direita, um ar melancólico, os olhos com um brilho baço, alcoólico. Nós o chamávamos de Doutor, uma vez que acreditávamos que ele conhecia muito bem Medicina, pois já o víramos reduzir fraturas e cuidar de outras emergências. E fizera tudo com conhecimento de quem estudou. Mas, além disso, pouco sabíamos de seu passado.

Em uma noite escura de inverno, uma daquelas noites sem estrelas nem lua, o estalajadeiro se juntou a nós um pouco depois das nove horas. Sentou-se e começou a contar que um rico proprietário de Debenham, Sir A. Monro, havia sofrido um derrame, e a família telegrafara a um médico de Londres para vir atender ao doente imediatamente.

– Ele já chegou e está vendo o velho Monro – disse, enchendo o cachimbo.

– Quem, o médico? – perguntei.

– Ele mesmo.

– Como se chama? – quis saber o agente funerário.

– Macfarlane. Doutor Macfarlane – respondeu o taberneiro, tirando uma longa baforada do cachimbo.

Ao ouvir o nome, Fettes, que parecia flutuar nas nuvens etílicas que evaporavam do seu rum, mais dormindo que acordado, despertou de repente.

– Macfarlane? – repetiu, para confirmar.

– Sim. Wolfe Macfarlane.

No mesmo instante, Fettes ficou sóbrio. Seus olhos se acenderam, sua voz ficou clara e firme. Era como se tivesse retornado de um transe.

– Desculpe – disse Fettes. – É que eu não estava prestando muita atenção no que você dizia. Quem é esse doutor Macfarlane?

Ao ouvir a explicação do estalajadeiro, Fettes murmurou, como se falasse consigo mesmo e não conosco:

– Não pode ser. Deus me livre... Mas bem que eu gostaria de vê-lo uma vez mais.

– Você o conhece? – perguntou o agente funerário.

– O nome não é tão comum, e dificilmente dois médicos teriam exatamente o mesmo nome – disse e voltou-se para o estalajadeiro. – Que idade ele tem?

– Bem, não é jovem. Já tem cabelos brancos. Mas parece mais jovem que o senhor.

– Não. Na verdade, é alguns anos mais velho – explicou Fettes. – É um crápula miserável, mas eu bem que gostaria de encontrá-lo uma vez mais.

– Bem, ele deve passar por aqui quando acabar de atender ao paciente – disse o estalajadeiro.

Os olhos de Fettes brilhavam de raiva e indignação. Pairou um silêncio pesado entre nós, mas foi logo quebrado, pois a porta se abriu e um homem grisalho, muito bem vestido e de aspecto distinto entrou. Tudo nele transpirava riqueza e prestígio.

– É ele – apontou o estalajadeiro. – É Wolfe Macfarlane.

Reconhecendo o homem, Fettes se levantou num impulso e foi até ele. O contraste entre os dois era gritante. Macfarlane era elegante e empertigado. Fettes, por outro lado, tinha uma aparência descuidada e degradada.

– Fettes! – exclamou Macfarlane, reconhecendo o outro. O tom de sua voz traía surpresa e choque.

– Toddy Macfarlane – disse Fettes, vagarosamente.

O médico londrino ficou visivelmente abalado. Parecia perdido, sem saber o que dizer. Nós assistimos à cena de nossa mesa, próximos como estávamos da entrada.

– Fettes... É você mesmo – balbuciou Macfarlane.

– Em pessoa. Achou que eu também tinha morrido? Não. Você não se livraria de mim assim tão facilmente.

– Quieto, Fettes! – assustou-se o médico. – Este encontro é tão inesperado... Vejo que você não está em boas condições. Confesso que mal reconheci você. Mas estou feliz de tê-lo encontrado. Agora preciso ir imediatamente, pois meu coche está esperando, mas me dê seu endereço e enviarei notícias. Preciso fazer algo por você, Fettes. Você parece estar em estado de penúria – disse Macfarlane, com um ar superior.

– Dinheiro! – gritou Fettes. – Dinheiro de você? O dinheiro que ganhei de você está no mesmo lugar em que eu o joguei fora naquela noite chuvosa.

Macfarlane se surpreendeu com a resposta. Seus olhos se abriram, dando ao rosto uma expressão de confusão. Pelo jeito, achava que o dinheiro sempre resolvia qualquer embaraço.

– Desculpe-me, meu caro. A última coisa que tencionava era ofendê-lo. Vou deixar meu endereço assim mesmo...

– Eu não quero seu endereço. Não quero saber onde é o lugar em que você vive – interrompeu Fettes. – Soube que você estava aqui e quis saber se existe mesmo justiça divina. Agora vejo que não existe! Saia daqui!

Macfarlane recuou, assustado. Queria, visivelmente, evitar Fettes e tentou sair depressa pela porta, mas o outro o segurou pelo braço e perguntou, quase num sussurro, mas alto o bastante para que pudéssemos ouvir:

– E então: você *o* encontrou de novo?

O rosto de Macfarlane se contraiu com uma expressão de horror, ao mesmo tempo em que se desvencilhou de Fettes – e de toda a sua pompa e distinção – e correu até a porta, deixando um rastro de humilhação atrás de si. Nós o vimos, através da grande janela da estalagem, saltar no coche como se estivesse fugindo e mandar o cocheiro partir imediatamente. Na pressa, deixou cair seus óculos de aro de ouro.

Fettes continuou de pé onde estava, respirando com dificuldade, como se tivesse corrido uma longa distância. Estava sóbrio. Um olhar resoluto iluminava sua expressão.

– Deus nos livre, Doutor! – exclamou o estalajadeiro, quebrando o silêncio pesado que se fez. – Por que tratou o médico desse modo?

Fettes se voltou para nós e encarou cada um por um momento.

– Esse Macfarlane é um sujeito perigoso – avisou. – Aqueles que cruzaram seu caminho acabaram se arrependendo tarde demais – disse e saiu, sem nem ao menos terminar o segundo copo de rum: ele, que todas as noites tomava, invariavelmente, cinco copos.

Nós três continuamos a conversar até a madrugada. O estranho encontro tinha nos deixado curiosos, e ficamos até altas horas discutindo hipóteses sobre o que podia ter havido entre aqueles dois homens. Quando saímos, cada um de nós tinha sua própria teoria e deveríamos, conforme combinamos, descobrir qual era a verdadeira.

Nos dias que se seguiram, eu, o estalajadeiro e o agente funerário nos dedicamos a investigar a vida passada de Fettes e de Macfarlane. Tive mais sucesso que meus companheiros nas investigações e acabei descobrindo que minha teoria foi a que mais se aproximou da verdade.

Só não podia imaginar que o que houve entre aqueles dois homens pudesse ter sido tão tenebroso.

II

Quando era jovem, Fettes estudou Medicina em Edimburgo. Era talentoso, aprendia facilmente e tinha boa memória. Também era atencioso e demonstrava um respeito reverente aos professores, o que conquistava a simpatia dos mestres.

Nessa época, havia em Edimburgo um professor de anatomia que dava aulas particulares em sua grande casa, o doutor K. Fettes começou a frequentar as aulas dele e logo o doutor K percebeu aquele jovem aluno atento e inteligente e convidou-o para ser seu segundo assistente. Fettes aceitou de imediato e mostrou-se capaz e diligente. Passou a morar na escola, em um pequeno quarto ao lado da sala de dissecação.

No segundo ano de seu trabalho com o doutor K, depois de ter conquistado a confiança do professor, Fettes recebeu nova incumbência, uma tarefa de muita responsabilidade: a de receber os corpos que seriam dissecados nas aulas de Anatomia. Tinha de levantar no meio da noite, pagar os fornecedores de cadáver e, depois que esses comerciantes sórdidos saíam, preparar os restos humanos para a aula da manhã seguinte. Só então, voltava ao seu quarto, onde dormia mais uma ou duas horas.

Fettes não se abalava em nada com aquele trabalho. Não sentia nenhuma compaixão pelas pessoas que agora jaziam mortas sobre a mesa de dissecação. Na verdade, ele era ambicioso. Pensava apenas em meios de obter vantagens e se aplicava cada vez mais. O doutor K estava satisfeito com o assistente e o tinha como indispensável.

O fornecimento de corpos para as aulas era um problema. O doutor K tinha um grande número de alunos e dava muitas aulas. Os corpos dissecados tinham de ser repostos continuamente. Na época, a lei permitia que apenas os criminosos executados pudessem ser usados nas aulas de Anatomia. Mas poucos eram executados – menos de dez por ano. Por isso, o doutor K adotara uma política de não fazer perguntas sobre a origem dos cadáveres.

– Eles trazem o corpo e nós pagamos sem fazer perguntas – instruía.

Fettes não imaginava que os cadáveres que recebia eram de pessoas assassinadas. O doutor K – homem respeitado na sociedade de Edimburgo – jamais admitiria isso. Contudo, o assistente começou a estranhar que os corpos fossem sempre de pessoas mortas recentemente. Defuntos "frescos". Mesmo assim, procurava fechar os olhos para qualquer evidência de crime. Apenas pagava os fornecedores e não perguntava nada.

Em uma fria madrugada de novembro, essa política do silêncio foi posta à prova. Fettes tinha passado a noite em claro, com uma dor de dente insuportável. Virava de um lado para o outro na cama sem conseguir dormir. Então, levantava e andava pelo pequeno quarto, como se aquilo pudesse aliviar seu sofrimento. Finalmente, o cansaço venceu a dor e ele acabou adormecendo. Pouco tempo depois, acordou com as familiares batidas na porta. Ainda não tinha amanhecido, mas já se podia ver uma barra de luz surgindo no horizonte. Os fornecedores de corpos tinham vindo mais tarde que de costume e pareciam muito ansiosos para ir embora. Fettes os acompanhou enquanto subiam as escadas da entrada com o cadáver dentro de um saco. Quando depositaram a triste mercadoria na mesa, à espera do pagamento, o saco se abriu e Fettes pôde ver o rosto de uma jovem.

– Meu Deus! – gritou sem conseguir se conter. – É Jane Galbraith!

Os dois homens que entregaram o corpo não disseram nada, mas se apressaram ainda mais para sair.

– Tenho certeza de que é ela! – insistiu Fettes. – Eu a vi ontem. Estava bem disposta e com saúde... É impossível que vocês tenham conseguido esse corpo sem ter feito mal...

– Olhe, doutor... – interrompeu um dos homens. – Com certeza o senhor está enganado.

O outro, porém, encarou Fettes ameaçadoramente e exigiu o dinheiro. Fettes sentiu o perigo que pairava sobre ele. Gaguejou alguma desculpa e os pagou. Mas, assim que os entregadores de cadáveres saíram, foi examinar o corpo da jovem e suas suspeitas se confirmaram. Era mesmo Jane Galbraith, com quem tinha estado no dia anterior. Várias marcas indicavam que ela havia sido vítima de violência. Estava tão chocado que se esqueceu de sua dor de dente.

Confuso e temendo ser envolvido em um crime que não cometera, Fettes considerou ignorar a política do silêncio do doutor K. Sem saber o que fazer, resolveu pedir ajuda ao seu superior imediato, o primeiro assistente do doutor K, um médico recém-formado, tão inteligente quanto inescrupuloso: Wolfe Macfarlane.

Os dois já eram íntimos. Não só pela posição que ocupavam junto ao doutor K, mas porque, quando não havia cadáveres disponíveis, costumavam ir a cemitérios próximos em busca de defuntos recém-enterrados, os quais roubavam e traziam para serem dissecados na aula. Nessas ocasiões, dividiam as dez libras que o doutor K pagava por cadáver.

Ao contrário de Fettes, Macfarlane não morava no colégio. Mas, na manhã em que o corpo de Jane Galbraith foi trazido, chegou mais cedo que de costume. Ao vê-lo entrar, Fettes foi recebê-lo e imediatamente contou suas suspeitas. Macfarlane examinou as marcas de violência no corpo da moça.

— Sim — concordou, com um meneio de cabeça. — Ela foi assassinada.

— E então? — perguntou Fettes. — O que devemos fazer?

— Fazer? — repetiu o outro. — Você quer fazer algo a respeito? Em boca fechada não entra mosca.

— Mas algum dos alunos pode reconhecê-la — objetou Fettes. — Ela era bem conhecida na cidade.

— Vamos esperar que você esteja enganado. E se alguém vier a reconhecê-la, não temos nada a ver com isso. Se nos intrometermos nessa história, poderemos colocar o doutor K em apuros. Você mesmo iria se ver no banco das testemunhas, diante do juiz e do júri. Quem sabe poderíamos até ser implicados no crime... E sabe o que mais? Para mim, falando em termos práticos, muitos dos cadáveres que usamos aqui foram de pessoas assassinadas.

— Macfarlane! — gritou Fettes, indignado.

— Como se você já não tivesse suspeitado...

— Suspeitar é uma coisa...

— E provar é outra — concluiu Macfarlane. — Sim, você tem razão. E acho tão ruim quanto você que isso tenha vindo parar aqui — disse, cutucando o cadáver de Jane Galbraith com a bengala. — A melhor coisa a fazer é não reconhecer o corpo. E é o que vou fazer. Se quiser reconhecer, é problema seu. Mas tenho certeza de que isso iria desapontar demais o doutor K. Por que você acha que ele nos escolheu? É porque não quer carolas trabalhando para ele.

Isso convenceu Fettes a manter a política do silêncio. O corpo da pobre moça foi preparado para dissecação e, de fato, nenhum dos alunos a reconheceu.

III

Uma tarde, depois de concluir o trabalho, Fettes entrou em uma taverna e, por acaso, encontrou Macfarlane em companhia de um desconhecido – um homem pesado, pálido e de cabelos escuros. Apesar da expressão inteligente, quando abriu a boca para falar, Fettes percebeu que era um sujeito rústico e vulgar. Contudo, esse tipo grosseiro exercia tremenda influência sobre Macfarlane. Mandava e desmandava no jovem médico, exigia coisas e o recriminava severamente se demorava ou não fazia exatamente o que mandara. Depois, humilhava Macfarlane por conta de seu servilismo.

Mas Gray, como o estranho se chamava, simpatizou com Fettes. Ordenou que Macfarlane lhe pagasse bebidas e contou suas aventuras passadas. Se um décimo daquilo fosse verdade, o sujeito era o pior dos patifes. Chamava Macfarlane de Toddy e só se dirigia a ele para dar ordens:

– Toddy, pague mais um copo para seu amigo! – Ou: – Toddy, vá fechar a porta! – gritava. – Toddy, você me odeia. Sei que sim!

– Não me chame assim – grunhiu Macfarlane, em vão.

– Ele me odeia mesmo – repetiu o estranho. – Aposto que, se pudesse, me recortaria todo com seu bisturi.

– Nós, médicos, temos um jeito melhor de nos vingar – comentou Fettes. – Quando não gostamos de alguém, nós o dissecamos.

Ao ouvir o comentário de Fettes, Macfarlane deu um sorriso malicioso, como se estivesse pensando exatamente naquilo.

A noite caía e Gray convidou Fettes para jantar. Encomendou uma ceia tão suntuosa que colocou toda a taverna para trabalhar. Quando o banquete ficou pronto, mandou Macfarlane pagar a conta. Gray e Fettes comeram e beberam até altas horas. O homem estava tão bêbado que mal conseguia se levantar. Quanto a Macfarlane, mal tocou nos pratos. Ruminava, furioso, o valor que tinha pagado pelo jantar e as humilhações que ouvira de Gray.

Fettes voltou para casa e dormiu pesadamente. No dia seguinte, Macfarlane não apareceu para a aula, e Fettes riu, imaginando-o a ciceronear o asqueroso Gray de taverna em taverna, satisfazendo aos seus caprichos. No fim do dia, quando terminou o trabalho, saiu à procura dos companheiros da noite anterior, mas não encontrou ninguém. Voltou cedo para casa e foi logo para a cama.

Às quatro horas da manhã, Fettes foi acordado pelo conhecido sinal de batidas na porta. Levantou-se e desceu as escadas para receber os fornecedores da matéria-prima para as aulas do doutor K. Surpreso, encontrou não os dois entregadores de corpos, mas Macfarlane, com um cadáver oculto em um saco dentro do seu coche.

– Você foi roubar um túmulo? Como conseguiu fazer isso sozinho?

Mas Macfarlane não respondeu. Ajudado por Fettes, levou sua carga para dentro da sala de Anatomia, onde colocaram o saco sobre a mesa de dissecação.

– É melhor você olhar o cadáver – disse Macfarlane, com a voz trêmula.

Fettes estranhou o pedido, mas fez conforme o primeiro assistente pediu. Estava intrigado por Macfarlane não o ter chamado para roubar aquele corpo.

– Mas como? Quando você soube desse defunto? Em que cemitério estava?

– Olhe o rosto – cortou Macfarlane, friamente.

Fettes pressentiu algo estranho. Hesitou um momento e, vagarosamente, aproximou-se do saco, abrindo-o de forma que pudesse ver a cabeça do morto. Ele já esperava pelo que viu, mas mesmo assim ficou chocado.

Era o cadáver de Gray.

Fettes não conseguiu voltar a encarar Macfarlane. Uma onda de pensamentos e imagens desconexas invadiu sua mente. Foi Macfarlane quem quebrou o silêncio:

– A gente dá a cabeça para o Richardson – sugeriu. – Há muito tempo Richardson quer dissecar uma cabeça. Agora é uma boa oportunidade.

Fettes não respondeu. Macfarlane continuou.

– Bem... voltemos aos negócios. Você tem de me pagar.

– Pagar? – gritou Fettes, indignado. – Pagar pelo quê?

– É claro que deve me pagar. Eu não posso deixar o corpo aqui sem ganhar nada. Tampouco você pode recebê-lo sem pagar. Isso nos comprometeria. A nós dois. É um caso igual ao de Jane Galbraith, meu caro. Onde o doutor K deixa o dinheiro para os corpos?

– Lá – respondeu Fettes, apontando para uma escrivaninha em um canto da sala de dissecação.

Fettes hesitou um pouco, mas acabou pegando a chave da escrivaninha e a entregou a Macfarlane. Depois de pegar o dinheiro,

Macfarlane pediu que Fettes lançasse a despesa no livro-caixa, como normalmente fazia. Como um autômato, Fettes pegou o livro e lançou a data, a despesa e a natureza da operação.

– Estou arriscando meu pescoço por você, Macfarlane – disse ele vagarosamente, como se tivesse dificuldade para falar.

– Eu faria o mesmo por você, meu caro – riu Macfarlane.

Fettes estava muito abalado.

– Quando tudo começou... – balbuciou. – Como isso foi acontecer? Qual era o mal em me tornar assistente do professor?

Macfarlane sorriu com desdém.

– Vamos, Fettes! Há os que nascem para mandar e os que nascem para ser mandados. Há os lobos e os cordeiros. A que lado você quer pertencer, Fettes? Veja, eu gosto de você. O doutor K também. Você tem tudo para ter sucesso. Não desperdice essa oportunidade por esse traste aí – disse, cutucando o cadáver com sua bengala. – Amanhã estará dissecado e ninguém jamais dará por sua falta.

Macfarlane acabou de falar e se retirou, deixando Fettes só com sua consciência. Sabia que era cúmplice tanto do assassinato de Jane Galbraith como do de Gray. Sentia-se covarde por ter calado e se deixado envolver. Refletiu sobre isso por um tempo e, depois, começou a preparar o corpo para a aula.

Na manhã seguinte, Richardson recebeu a cabeça para dissecar.

IV

Algumas semanas depois do assassinato de Gray, Fettes já não sentia culpa alguma. Sua vida voltara ao ritmo anterior, e já não pensava mais nem em Gray nem em Jane Galbraith. Ao contrário, começou até mesmo a sentir um estranho prazer em deter segredos tão graves e macabros. Mas acabou se distanciando de Macfarlane. Encontravam-se, é claro, durante o trabalho. Ambos recebiam ordens do doutor K e, às vezes, trocavam uma ou duas palavras em particular. Nessas ocasiões, Macfarlane era sempre jovial e simpático. Ambos evitavam, porém, qualquer menção ao segredo que os unia.

Mas o curso dos acontecimentos acabou fazendo com que voltassem a se aproximar uma última vez. Como acontecia muitas vezes, os cadáveres para as aulas escassearam. Os alunos ficaram impacientes, e o doutor K queria manter sua fama de ter a escola de Anatomia mais bem aparelhada de Edimburgo. Por isso, quando soube que uma velha senhora, esposa de um fazendeiro, tinha morrido e acabara de ser enterrada no pequeno cemitério rural de Glencorse – a poucas horas de coche de Edimburgo –, mandou seus dois assistentes irem roubar o cadáver.

Para o doutor K, seus assistentes e alunos não importava a devoção que a família tinha pelos restos mortais da velha senhora – uma mãe, avó e esposa, famosa na sua vila pela manteiga que fazia e por ajudar o pastor da paróquia na assistência aos necessitados. Para eles, retalhar o corpo da finada – amputar seus membros, retirar seus órgãos, dissecar seus sistemas – não era desrespeito. Era ciência. E aquela velha, que morreu esperando, segundo a religião dela, que seu corpo viesse a ressuscitar no dia do Juízo Final, estava simplesmente servindo a uma causa maior.

Naquela mesma tarde, os dois assistentes partiram no coche de Macfarlane. Chovia a cântaros, mas não havia tempo a perder: precisavam do cadáver antes que este começasse a se decompor. Foram direto para a vila de Penicuik, onde a estrada se bifurcava. Lá passariam a noite, saindo no começo da madrugada para exumar o corpo.

Quando chegaram a Penicuik, instalaram-se em uma estalagem e mandaram servir os melhores pratos e vinhos da casa. No calor do aposento, fartos de boa comida e animados pelo vinho, a frieza entre os dois acabou se dissipando. A certa altura, Macfarlane deu a Fettes um pequeno saco com moedas de ouro.

– Um cumprimento – disse. – De um amigo para outro.

Fettes colocou o dinheiro no bolso sorrindo.

– Você é um filósofo, Macfarlane. Eu era uma besta até conhecer você e o doutor K. Sim! Mas você me mostrou o caminho a seguir. Sou lobo e quero continuar sendo.

– Pois é mesmo! – concordou Macfarlane. – Precisei de um lobo, de um homem de verdade, para me dar cobertura naquele dia... e foi o que você fez! Conheço muitos homens maduros que amarelariam diante de uma situação como aquela. Mas você teve sangue frio.

– Sou assim mesmo – gabou-se Fettes. – Eu não tinha nada a ganhar com uma investigação policial. Por outro lado, acabei conquistando sua gratidão – concluiu, rindo, enquanto batia no bolso, fazendo as moedas tilintarem.

O comentário desagradou Macfarlane. Não gostava de se sentir devedor. Mas não disse nada. Fettes continuava a falar, entusiasmado.

– Certo, errado, crime, castigo, ética, moral são histórias para garotinhos. Homens do mundo como eu e você não ligamos para essas coisas. Fazemos o que queremos. E, falando nisso, um brinde à memória de Gray! – propôs, levantando o copo.

Acabaram o jantar perto da meia-noite. Precisavam partir para chegar ao pequeno cemitério no começo da madrugada. Pagaram a conta e ordenaram que o coche de Macfarlane fosse preparado e trazido até a porta da estalagem. Comentaram com o estalajadeiro que iam para Peebles, que ficava na direção oposta de onde realmente iam, e saíram, com as lanternas do coche acesas.

No entanto, ao deixarem a aldeia, apagaram as lanternas e, voltando até onde a estrada se bifurcava, tomaram a direção de Glencorse. Iam devagar. A chuva continuava e a estrada estava escura e deserta. Sentiam como se estivessem em um vácuo sem luz, no qual não havia nada, nem céu nem chão. De vez em quando, um portão ou uma cerca surgiam à beira da estrada, quebrando a sensação de vacuidade.

O mau tempo e o trabalho sórdido que os esperava terminaram por afetar os ânimos dos ladrões de corpos. No começo da madrugada, chegaram ao pequeno cemitério, no pátio de uma capela medieval. Certos de que ninguém os vigiava (além de o cemitério ser isolado, nenhuma pessoa sairia em uma noite como aquela), acenderam uma das lanternas do coche. Não demoraram muito para encontrar o túmulo recém-cavado da velha senhora. Imediatamente, começaram a tirar a terra. Eram experientes naquele trabalho e em menos de meia hora cavaram até a tampa do caixão. Continuaram rapidamente, iluminados pela luz da lanterna que haviam pendurado em uma árvore próxima.

De repente, quando já estavam dentro do túmulo até a altura do peito, ouviram o barulho de vidro se quebrando e, então, foram envoltos pela escuridão. A chuva pareceu cair com mais força, açoitando os saqueadores, arrancando seus chapéus, encharcando seus cabelos. Ouviram o som da lanterna apagada balançando ao vento, batendo na árvore em que estava pendurada. Depois, silêncio. Apenas a chuva caindo. Os dois se entreolharam.

– Foi o vento que quebrou a lanterna – deduziu Macfarlane.

Como estavam quase no fim da tarefa, continuaram a cavar no escuro. Não demorou muito para que conseguissem retirar o caixão. Abriram o esquife, tiraram o corpo da velha senhora e o levaram para perto da carruagem, onde, acendendo a outra lanterna, examinaram o cadáver. Em seguida, colocaram os restos da velha senhora em um saco e o puseram dentro do coche.

Então, tornaram a apagar a lanterna e fugiram. Fettes ficou no coche com o corpo, enquanto Macfarlane foi puxando o cavalo pela rédea até chegarem à estrada. A luz da manhã já se anunciava com uma luminosidade difusa que se espalhava pelo horizonte. Saíram a trote em direção à cidade, aliviados de terem terminado a pior parte do trabalho. Agora, era só entregar o corpo ao doutor K.

Estavam molhados até os ossos. Com os solavancos da estrada, o saco com o cadáver rolava entre eles, tocando-os ora um, ora outro. O tétrico contato era sempre repelido com um empurrão, mas a frequência começou a irritá-los. Macfarlane tentou fazer algumas piadas sobre a velha mulher do fazendeiro, mas eram todas sem graça. Aumentaram a velocidade da carruagem e o corpo rolou entre eles, tocando-os com ainda mais frequência. Às vezes, a cabeça do cadáver pendia entre os dois; outras, eram as dobras do saco molhado que açoitavam suas costas e braços.

A chuva, o frio e o toque macabro do cadáver começaram a incomodar Fettes. Ele olhou o saco e, por algum motivo, parecia que tinha ficado maior, como se o corpo tivesse crescido. Ao longo de toda a estrada, os cães uivavam à passagem da carruagem. Fettes começou a ser dominado por um sentido de terror que não compreendia. Imaginava que os cães uivavam por conta de algo estranho, algo relacionado ao cadáver.

– Pelo amor de Deus – disse com dificuldade. – Pelo amor de Deus, vamos acender a lanterna.

Macfarlane parecia se debater com as mesmas emoções que Fettes. Não respondeu nada, mas parou o cavalo, passou a rédea ao companheiro e desceu para acender a lanterna. A chuva continuava a cair como se fosse o próprio dilúvio, por isso foi difícil riscar um fósforo. Um círculo de luz se irradiou ao redor da carruagem quando Macfarlane finalmente conseguiu acender a lanterna, permitindo aos dois homens ver claramente o que levavam. A chuva tinha modelado os contornos do corpo sob o tecido do saco. Havia algo de espectral no cadáver. Algo que eles não podiam explicar, apenas sentir.

Fettes também desceu do coche para melhor examinar o corpo. Macfarlane permaneceu algum tempo de pé, sem se mover, como se não estivesse sentindo a chuva que o fustigava. O rosto de Fettes se contraía em uma careta de terror por algo que ele via, mas não entendia.

– Isto não é uma mulher – sussurrou Macfarlane.
– Mas foi o corpo de uma mulher que pusemos aí – retrucou Fettes.
– Segure a lanterna – disse Macfarlane. – Preciso ver o rosto dela.

Fettes pegou a lanterna enquanto o colega começou a desamarrar o saco, descobrindo a cabeça do cadáver. A luz revelou feições bem conhecidas de Fettes e Macfarlane. A visão teve o efeito de uma explosão: o terror eletrificou os nervos dos dois homens. Macfarlane deu um pulo para trás, não contendo um berro. Fettes deixou cair a lanterna, que se espatifou, deixando-os de novo na escuridão. O cavalo, assustado, disparou em direção a Edimburgo, deixando os dois médicos na estrada, levando consigo o coche e a carga macabra: o cadáver de Gray. O mesmo cadáver que haviam dissecado meses atrás.

3. Na catacumba

H. P. Lovecraft

Uma ideia opressiva, que sempre aterrorizou homens e mulheres, é a de ser enterrado vivo. O medo de estar preso em um caixão apertado, sob uma laje de concreto, ou de ficar trancado em um mausoléu ou catacumba isolada é um dos mais comuns. George Washington (1732-1799), o primeiro presidente dos Estados Unidos, por exemplo, tinha tanto medo de ser enterrado vivo que um dos seus últimos pedidos foi o de ser sepultado doze dias depois da sua morte.

Isso tem sua razão de ser, pois aconteceu com muita gente. Os relatos mais antigos de sepultamento prematuro são do século XIII. Um dos primeiros foi sobre o filósofo escocês John Duns Scotus (1265/6-1308), um dos mais importantes teólogos da Idade Média. Quando seu caixão foi aberto, o cadáver estava com as mãos esfoladas e sujas de sangue, pois ele tinha se ferido na tentativa de sair. O temor de ser enterrado vivo era tão grande que vários dispositivos foram inventados para que o "morto" pudesse avisar os zeladores do cemitério que ainda não havia chegado sua hora. Um desses dispositivos era um sino que ficava do lado de fora do túmulo e que podia ser tocado por meio de uma corda instalada dentro do caixão. Dessa forma, se a pessoa voltasse, podia tocar o sino, chamando os zeladores do cemitério.

Muitos autores escreveram histórias de horror nas quais seus personagens encontram a morte em uma catacumba ou mausoléu. Edgar Allan Poe usa esse argumento em vários contos: "O barril de amontillado", "A queda da casa de Usher", "Berenice" e "O enterro prematuro". Arthur Conan Doyle fez o mesmo em "A nova catacumba", e também Lygia Fagundes Telles, em "Venha ver o pôr do sol". Mas essas histórias contam somente o horror vivido por pessoas enterradas vivas. Um autor muito original, H. P. Lovecraft, adicionou outro elemento à trama. Além de prender seu personagem em uma catacumba sórdida, Lovecraft colocou um fantasma com ele.

H. P. Lovecraft (1890-1937) foi um dos maiores autores de ficção de horror do século XX. As histórias que escreveu refletem sua filosofia, a qual chamou de "horror cósmico", ou "cosmicismo". Para esse escritor norte-americano, a vida é incompreensível para homens e mulheres, e suas existências são insignificantes para o Universo. Conforme ele mesmo escreveu em uma carta a um editor, "todas as minhas histórias se baseiam na premissa de que as leis, interesses e emoções humanas não têm validade ou significância na imensidão do cosmos". Provavelmente, esse conceito reflete o modo como Lovecraft respondia à vida. Ele desprezava o mundo que o cercava e cultivava a solidão. Embora tivesse muitos correspondentes (era um profícuo autor de cartas e calcula-se que tenha escrito mais de cem mil), era de poucos amigos. Viveu com a mãe e as tias até se casar, em 1924, e voltou a morar com as tias (a mãe já tinha morrido) depois de se divorciar.

Em agosto de 1925, o editor do jornal amador *Tryout*, Charles Smith, sugeriu uma ideia para Lovecraft transformar em história. Lovecraft registrou a inspiração em uma carta: "um agente funerário preso na catacumba de uma cidadezinha ao remover caixões lá deixados no inverno para serem enterrados na primavera; ele escapa alargando a bandeira da porta, a qual alcança empilhando caixões".

Com essa inspiração simples, Lovecraft criou uma história tão terrível – chamada oportunamente de "Na catacumba" – que foi rejeitada por alguns editores que temiam a reação do público. Um deles respondeu justificando que recusava a história por esta ser tão "repelente" que chocaria os leitores. Embora tenha publicado "Na catacumba" no jornal amador de Charles Smith, Lovecraft só conseguiu vender sua história sete anos depois que a escreveu, em 1932. Ironicamente, publicou-a na mesma revista que a rejeitou por conta de ser "extremamente repelente", a *Weird Tales*.

Mais que uma história de vingança sobrenatural, "Na catacumba" evoca as maiores fobias das pessoas: medo da escuridão, da morte, de ser trancado vivo em um lugar sem saída e, ainda por cima, cercado por cadáveres – e tudo em um ambiente asqueroso, pestilento. Os personagens principais do conto, o protagonista e seu antagonista, são igualmente sórdidos, guiados pelas piores qualidades humanas: orgulho, indolência, mesquinhez, vício.

Mas Lovecraft não apresenta a moral comum em seus textos. Para ele, o Universo é indiferente ao bem e ao mal, ao certo e ao errado, à compaixão ou à indiferença. As coisas seguem seu rumo sem considerar as paixões humanas. O mundo ideal está longe de ser o real. Contudo, essas paixões acabam enredando aqueles a quem dominam nas consequências de seus atos. Afinal, para cada ação existe uma reação. E é isso que o protagonista dessa história, o agente funerário George Birch, aprende: tudo o que vai volta. Ninguém consegue enganar todo mundo o tempo todo. Na verdade, conforme constatou Birch, não se consegue enganar nem mesmo os mortos.

NA CATACUMBA
H. P. Lovecraft

Se descrevêssemos os elementos de certas situações, muitas delas pareceriam comédias. Imagine um agente funerário e uma catacumba em um lugar deserto da Nova Inglaterra. Esses elementos poderiam levar a uma situação hilária, ridícula. Contudo, a história de George Birch, que sua morte me permite agora contar, é tão terrível que faz empalidecer algumas das nossas piores tragédias.

Em 1881, Birch teve problemas que o limitaram e precisou mudar de profissão. Ele nunca falava sobre o motivo que o levara a trocar de atividade. Ao contrário, evitava o assunto sempre que possível. Nem mesmo seu antigo médico, o doutor Davis, que morreu há alguns anos e que conhecia a história, falava sobre o acontecido. Dizia-se que seu comportamento errático era resultado de um choque que Birch sofrera ao ficar trancado durante mais de nove horas na catacumba do cemitério de Peck Valley, de onde só conseguiu escapar com muito esforço. Mas isso era apenas parte da verdade. Havia outros aspectos tétricos sobre os quais ele sussurrava para mim em seus delírios etílicos. Confiava em mim porque, depois da morte do doutor Davis, eu passei a ser seu médico e porque, provavelmente, um solteirão sem nenhum parente vivo precisava confiar em alguém.

Até 1881, Birch havia sido o agente funerário da pequena cidade de Peck Valley, na Nova Inglaterra. Na verdade, fazia de tudo o que envolve esse negócio tão triste quanto necessário. Ele mesmo cavava as sepulturas, fazia os caixões, preparava os defuntos e os enterrava. Entretanto, a prática de Birch não era das mais convencionais. Para aumentar seus lucros, o agente funerário não hesitava em forçar os corpos em caixões menores, tampouco em usar material inferior para o revestimento interno dos ataúdes. Afinal, pensava ele, esse tipo de cliente não podia reclamar. Na verdade, Birch era relaxado, insensível e trabalhava mal. Não era, porém, uma pessoa ruim. Era simplesmente um sujeito rude, imprudente, dado a beber, sem imaginação e sem qualquer refinamento.

Não posso dizer exatamente quando começou sua história. Suponho que tenha sido no inverno de 1880, quando o chão congelou e ele não conseguiu mais cavar túmulos. Precisava esperar até a primavera. Felizmente, a cidade era pequena e pouca gente morria. Por isso, era possível deixar temporariamente, na velha catacumba do cemitério, os corpos dos que haviam falecido durante o inverno. Era comum naqueles tempos, nas cidades do norte, onde o inverno é rigoroso, que os cemitérios tivessem catacumbas nas quais os corpos ficavam até poderem ser enterrados. Eram lugares úmidos, frios, carregados com uma atmosfera fétida e insalubre.

Nessa época do ano, Birch normalmente ficava ainda mais letárgico. Os caixões que fazia no inverno ficavam ainda piores e menores que o morto. E ele não se preocupava com a manutenção da catacumba. Assim, negligenciou o conserto da fechadura enferrujada da porta daquele depósito de mortos, a qual ele escancarava e fechava com um abandono distraído.

Quando a primavera finalmente chegou, Birch cavou as covas para as nove pessoas que a morte ceifara durante o inverno e que ficaram repousando na catacumba. Em uma chuvosa manhã de abril, com um esforço sobre-humano, o agente funerário começou a odiosa tarefa de transferir os mortos e enterrá-los nas covas recém-abertas. Entretanto, por conta da chuva que estava irritando seu cavalo, Birch precisou interromper o trabalho depois de transferir apenas um morto para seu leito eterno. Era o nonagenário Darius Peck, cujo túmulo ficava próximo da catacumba. Birch resolveu que voltaria à tarefa no dia seguinte e enterraria primeiro Matthew Fenner, que também seria sepultado próximo à catacumba. Mas não retomou o trabalho antes de três dias, quando já era Sexta-Feira da Paixão. Como não era religioso, não deu importância à santidade da data. Depois daquele dia, isso mudou completamente: ele nunca mais fez nada de importante em uma Sexta-Feira da Paixão. Os eventos que viveu naquela ocasião mudaram para sempre George Birch.

Na tarde daquela sexta-feira, Birch atrelou o cavalo à carroça e foi até a catacumba para remover o corpo de Matthew Fenner. Mas o animal estava irritadiço, meneando a cabeça e batendo as patas no chão, como da outra vez que tentara levar os caixões para suas sepulturas. Era um dia claro, embora ventasse muito. Birch sentiu um alívio ao destrancar a fechadura enferrujada e entrar na catacumba, abrigando-se, assim, do vento. Qualquer outra pessoa se ressentiria do ambiente úmido, com cheiro de bolor e decomposição, onde estavam os oito caixões que deveriam ser enterrados. Birch, porém, só estava preocupado em levar cada um deles para a cova certa. Não queria que acontecesse como da vez em que a família de Hannah Bixby quis transladar seu corpo para o cemitério da cidade para onde tinham se mudado e encontraram o caixão do juiz Capwell sob a lápide da boa mulher.

A luz era fraca, mas Birch tinha uma vista boa e estava certo de que o caixão que empurrava para o lado era o de Asaph Sawyer. Sabia disso porque ele mesmo fizera o esquife, que ficara muito malfeito. Na verdade, tinha sido destinado ao protetor de Birch, o velho Matthew Fenner. Mas como tinha ficado mal-acabado e desconjuntado, Birch resolveu fazer outro, com todo o capricho, para Fenner. Grato pela ajuda que o generoso Fenner dera a ele cinco anos antes, quando tinha falido, Birch colocou toda a sua habilidade no trabalho e produziu um ótimo caixão. Contudo, preguiçoso e espertalhão, não se desfez do ataúde malfeito e acabou destinando-o a Asaph Sawyer, que havia morrido de febre maligna naquele inverno – mesmo o caixão sendo pequeno demais para conter Sawyer.

Sawyer não era benquisto em Peck Valley. Era conhecido por ser vingativo até o fanatismo e por nunca se esquecer de uma ofensa que sofrera ou que imaginava ter sofrido. Por isso mesmo, Birch não se importou nem um pouco em destinar a Sawyer o caixão malfeito, o qual ele agora empurrava para o lado, abrindo caminho para trazer para fora o do velho Matthew – o primeiro que tencionava enterrar naquela tarde.

Birch encontrou o ataúde e o estava empurrando através da catacumba quando o vento bateu a porta, deixando-o em uma escuridão quase completa. Alguns poucos raios de luz passavam pelos vãos, iluminando apenas os contornos das coisas mais próximas. O fundo da catacumba era de uma escuridão cavernosa. Birch caminhou devagar até a porta, procurando não tropeçar. Pegou a maçaneta e tentou girar, mas nada. Estava travada, enferrujada. Tentou com mais força e ela quebrou na sua mão. Percebeu, como quem recebe um golpe, que estava preso, trancado naquela catacumba. Birch foi dominado, primeiro, pela raiva. Sentiu raiva de si mesmo por não ter trocado a fechadura e gritou com toda a força de seus pulmões, como se o cavalo do lado de fora pudesse fazer alguma coisa. Depois de um tempo, calou-se, mais conformado, percebendo ter sido vítima de sua própria preguiça e negligência.

Isso aconteceu no meio da tarde, por volta das três e meia. Birch, de natureza fleumática e prática, saiu tateando em busca de algumas ferramentas que tinha visto em um canto da catacumba. Não se pode dizer que o agente funerário estivesse assustado com o fato de estar em um ambiente escuro e cercado por oito corpos. Estava, sim, apavorado por ter ficado preso em um lugar distante, por onde raramente alguém passava.

Birch não demorou muito para encontrar as ferramentas. Tateando, escolheu um martelo e um cinzel e voltou, tropeçando sobre os caixões, até a porta. O ar pesado, cheirando a mofo e a cadáver, envolvia Birch, entrava em seus pulmões, infectava-o, mas ele não notava. Martelava incessantemente, mesmo sem ver, o metal pesado e enferrujado da fechadura. Xingava, irritado por não ter uma lanterna ou, nem mesmo, um toco de vela e continuava martelando às cegas, fazendo o melhor que podia para quebrar a fechadura.

Mas Birch logo percebeu que o espesso ferro não iria ceder àquelas ferramentas inadequadas. Uma descarga de suor frio banhou o agente funerário e ele sentiu um aperto na garganta, ao notar, pela primeira vez, o cheiro horrível que invadia suas narinas, impregnado de morte e decomposição. O desespero trouxe uma boa ideia a Birch, cuja mente acelerada pelo medo de padecer naquele lugar estava quase a ponto de se descontrolar. Ele se lembrou, como se um clarão iluminasse seu cérebro, que a bandeira da porta na fachada de tijolos da catacumba poderia ser alargada com as ferramentas de que dispunha, apesar do trabalho que isso daria. Dessa forma, ele poderia se arrastar pelo vão e sair.

Reanimado, Birch começou a procurar meios de alcançar a bandeira da porta. Não havia escada e os nichos dos caixões, que ficavam nos lados e no fundo da catacumba, não davam acesso ao lugar onde era preciso quebrar os tijolos. As únicas coisas de que o agente funerário poderia lançar mão eram os caixões. Se ele os empilhasse, conseguiria alcançar a bandeira da porta e trabalhar. Seria preciso empilhar três caixões para atingir a altura necessária, mas, com quatro, Birch poderia trabalhar melhor e, portanto, sair dali mais rápido. Para ter mais equilíbrio, resolveu que alinharia três caixões junto à porta. Sobre eles, colocaria o segundo nível, dois caixões, sobre os quais empilharia mais dois. Finalmente, como quarto degrau, poria um único caixão sobre os dois últimos. Dessa forma, além de garantir o equilíbrio, seria fácil subir e descer os quatro lances da plataforma improvisada.

Birch empreendeu um esforço enorme para empilhar os caixões e em nenhum momento pensou sobre o conteúdo dos degraus da sua escada macabra. Na verdade, se chegou a considerar alguma coisa foi o fato de que os cadáveres aumentavam o peso que tinha de empurrar e levantar – e muito. Como a madeira dos ataúdes começasse a rachar sob o peso que sustentavam, o agente funerário reservou para o último degrau o caixão de Matthew Fenner, mais bem feito que os outros e, por isso mesmo, mais resistente. Apesar da escuridão, não foi difícil encontrar o caixão de Fenner, tão menor em relação aos outros que era fácil distingui-lo – pelo menos, Birch achava que era.

Terminada sua sinistra escadaria, Birch sentou-se um pouco no primeiro degrau para descansar. Mas o ar pestilento parecia não ser suficiente para recuperar o fôlego e ele logo voltou ao trabalho, subindo o estranho pódio com o martelo e o cinzel. Birch constatou com alívio que, embora a bandeira da porta fosse estreita, ela podia definitivamente ser alargada o bastante para ele se arrastar para fora. E começou a golpear os tijolos, ansioso para sair daquela câmara da morte.

Quando a noite caiu, o agente funerário ainda continuava seu trabalho. Agora, a escuridão era total. Mesmo tendo aberto espaço por onde a luz poderia entrar, a noite encoberta projetava apenas sombras dentro da catacumba. O progresso era lento, mas Birch estava animado com a abertura que estava conseguindo fazer. Tinha certeza de que, naquele ritmo, até a meia-noite conseguiria sair. Não que ele atribuísse qualquer significado àquela hora. Era só uma questão de cálculo. Na ocasião, Birch estava completamente alheio à opressão que poderia sofrer por estar naquele lugar, àquela hora e com aquela mórbida companhia. Apenas abria caminho com o cinzel, xingando quando alguma lasca de tijolo ou madeira atingia seu rosto e rindo entusiasmado quando conseguia romper o cimento que unia os tijolos.

Finalmente, a abertura que fez lhe pareceu larga o bastante, e ele tentou passar. Ao fazer isso, pisando com força sobre a plataforma para se apoiar, os caixões balançaram e rangeram. Alguns pareceram rachar. Apesar de não ter conseguido passar, verificou que a pilha de ataúdes ainda estava na altura certa para que ele alcançasse a abertura; assim, não precisaria refazer sua escada de forma a colocar um quinto degrau. Continuou a atacar os tijolos com ainda mais ânimo.

Já era mais de meia-noite quando Birch achou que já daria para tentar passar pela abertura. Estava, porém, muito cansado para o esforço de se arrastar pela estreita fenda e pular mais de dois metros até o chão. Por isso, desceu aquele pódio bizarro e sentou-se em um dos caixões que formavam o primeiro degrau para descansar antes do esforço final. O cheiro de mofo e de cadáver o sufocava cada vez que tragava aquele ar insuportável. Do lado de fora, vinha o som do cavalo faminto, relinchando e batendo as patas no chão, exigindo ser alimentado.

Estranhamente, Birch não se apressou. Com a consciência do corpo pesado e indolente com que tinha chegado à meia-idade, adiava o esforço que ainda teria de fazer para sair dali. Quando finalmente voltou a subir a pilha de caixões, sentiu, mais do que nunca, seu peso. Também os esquifes o sentiram, cedendo e rachando ainda mais. Ao pisar no último ataúde, o de Matthew Fenner, Birch ouviu o barulho característico de madeira rachando. Sabia que sua escada não aguentaria muito mais esforço.

Pisando com força para tomar impulso e alcançar o vão que tinha aberto, a tampa do caixão quebrou e Birch fincou os dois pés sobre a cabeça do cadáver. Assustado pelo barulho e pelo cheiro ofensivo de degradação que vazou da catacumba e impregnou o ar, o cavalo que esperava do lado de fora saiu em disparada pela escuridão da noite, puxando atrás dele a carroça vazia, sacolejando sobre os buracos da estrada.

Ainda com os pés sobre o cadáver, invadido por uma repugnância quase incontrolável (mesmo que estivesse acostumado a lidar com a morte), Birch estava baixo demais para alcançar a abertura. Esticou os braços e conseguiu agarrar a extremidade da bandeira da porta. Começou a puxar seu corpo pesado, quando sentiu alguma coisa agarrar seus tornozelos. E, sem saber por que, foi dominado por um terror que ainda não havia sentido naquela noite – nem quando se viu preso na catacumba, nem quando percebeu que não iria conseguir quebrar a fechadura com o martelo e o cinzel. Birch sentiu o terror fisicamente. Uma eletricidade opressiva envolveu todo o seu corpo, esmagando-o de fora para dentro. Era como se implodisse. Mas, em vez de ficar entorpecido pelo medo, a emoção que o dominava agiu como um combustível e o agente funerário encontrou forças para puxar seu corpo pesado na direção da abertura, enquanto esperneava o mais que podia, tentando se livrar daquilo que agarrava seus pés. Nesse esforço, sentiu que alguma coisa aguda cravava-se nos seus tornozelos e panturrilhas. Sentiu dores terríveis, como se sua carne estivesse sendo lacerada. Imaginou que eram farpas e pregos que o feriam enquanto lutava para tentar livrar suas pernas. A dor e o desespero eram tantos que, por um momento, as forças lhe faltaram, e Birch quase desmaiou. No entanto, em vez de desmaiar, ele fez um último esforço e conseguiu içar o corpo até a abertura e se arrastar por ela, caindo pesadamente do outro lado.

Estava livre, mas debilitado por dores fortíssimas. Não conseguia andar, e seus tornozelos e panturrilhas sangravam terrivelmente. Guiado pelo instinto, pois estava tão apavorado e chocado que não conseguia pensar com coerência, arrastou-se até a cabana do zelador do cemitério. Movia-se devagar por causa das dores, mas tentava chegar o mais depressa possível. Como se fugisse, olhava para trás o tempo todo, esperando que alguma coisa o atacasse de repente.

Com um esforço maior do que julgaria ser capaz de empreender, Birch finalmente chegou à cabana do zelador, onde bateu com um desespero patético. Armington, o zelador, atendeu à porta. Estava quase tão descabelado e assustado quanto o agente funerário.

Armington ajudou Birch a chegar até uma cama e mandou o filho chamar o doutor Davis. Birch parecia delirar, falando, entre gemidos, coisas desconexas, como "solte!" e "preso na catacumba". O médico chegou, imediatamente, retirou os sapatos e meias do paciente e cortou as pernas das suas calças. As feridas intrigaram o velho doutor Davis. Os tendões de aquiles de ambos os tornozelos estavam lacerados. Davis fez diversas perguntas a Birch e, com a testa enrugada em uma expressão que expressava ao mesmo tempo dúvida, incredulidade e assombro, fez os curativos de um modo que parecia querer ocultar os ferimentos o quanto antes.

Mesmo depois de terminar os curativos, o doutor Davis continuou a indagar os mínimos detalhes da malfadada aventura do agente funerário. Isso era incomum para um médico impessoal como ele. Insistia com Birch, por vezes repetindo as perguntas. Queria saber principalmente se ele tinha certeza de que o último caixão, aquele que quebrara sob seu peso, era mesmo o de Matthew Fenner. Como Birch poderia ter certeza disso naquela escuridão? Será que um caixão da qualidade do de Fenner teria quebrado do jeito que quebrou? Não poderia ter sido o caixão de Asaph Sawyer, do mesmo tamanho que o de Fenner, embora feito com material inferior?

Davis, o velho e tradicional médico da cidadezinha, tinha cuidado dos dois nas suas doenças derradeiras e tinha ido a ambos os funerais. Lembrou-se de ter ficado intrigado com o fato de o caixão de Sawyer ser bem menor que o corpo grande do finado fazendeiro, do mesmo tamanho do caixão do pequeno Fenner.

Davis tratou o apavorado agente funerário durante duas horas e saiu, insistindo em dizer que os tendões de Birch haviam sido cortados por pregos e lascas de madeira. Recomendou, porém, que não deixasse que nenhum outro médico cuidasse dos ferimentos. Ele mesmo cuidaria dos tendões cortados. De fato, Birch seguiu essa recomendação até a morte de Davis, quando me tornei seu médico e ele me contou essa história. Mais que isso: ele me mostrou as cicatrizes. Quando vi as marcas antigas e brancas, dei razão a Davis.

O agente funerário ficou manco para sempre, mas a maior sequela estava em sua alma. Seu raciocínio, antes tão prático e lógico, ficou afetado. Também dava pena ver o modo como ele reagia a certas palavras, como "sexta-feira", "túmulo", "caixão". Apesar de nunca mais ter trabalhado preparando e enterrando mortos, o pobre homem continuou a ser assombrado pelo que tinha vivido na catacumba. Talvez fosse apenas medo. Um medo misturado ao arrependimento por coisas ruins que fez no passado. Passou a beber ainda mais e isso apenas agravou aquilo que deveria aliviar.

Quando o doutor Davis saiu da cabana do zelador do cemitério, naquela noite, foi direto à catacumba. Estava tão intrigado que pegou uma lanterna e foi ver com seus próprios olhos a história de Birch. A lua brilhava sobre a fachada, agora parcialmente destruída. O chão estava coberto de fragmentos de tijolos. Por fora, a porta abriu ao primeiro toque, e Davis calçou-a para também ele não ficar preso. Apesar de estar acostumado às salas de dissecação, o velho médico teve de controlar a náusea que a visão e o cheiro daquele lugar provocaram nele. Ao encontrar o que procurava, não conteve um grito e, sem pensar duas vezes, voltou apressado para a cabana do zelador, onde entrou abruptamente e foi diretamente à cama onde Birch estava deitado. Sacudiu-o quase descontroladamente, sussurrando, exasperado:

— Era o caixão de Asaph que estava em cima da pilha, Birch! Eu sabia! Conhecia os dentes dele. Faltavam os dentes da frente, os incisivos superiores. Como as marcas nos seus tornozelos! O corpo já estava bem decomposto, mas a expressão era de vingança... Você sabia como ele era vingativo, Birch! Asaph esperou trinta anos para arruinar o velho Raymond, para quem o juiz mandou devolver terras que ele tinha invadido. Não se lembra de que atropelou o cachorrinho que rosnou para ele, pouco antes do inverno? Ele era a encarnação do diabo, Birch. Tudo para ele era olho por olho, e acho que seria capaz de enganar a própria morte para se vingar.

O médico parou de sussurrar e balançou a cabeça de um lado para o outro, em um gesto de negação ou, talvez, de repúdio. Depois continuou, ainda com voz baixa, quase um sussurro.

— Por que você fez isso, Birch? Ele era um canalha, e não culpo você por colocá-lo naquele caixão pequeno, mas você sempre exagera, Birch! Tudo bem querer lucrar com a situação, só que você sabia como Fenner era baixinho e como Sawyer era grande.

Birch olhava o médico com os olhos arregalados, sem dizer nada.

— Nunca vou conseguir tirar aquela imagem da cabeça – prosseguiu Davis. – Você deve ter esperneado muito, porque o caixão de Sawyer estava no chão. O crânio estava rachado e o corpo, revirado. Você sabia que com ele era olho por olho, Birch, que ele iria querer se vingar! A cabeça meio decomposta e quebrada de Sawyer revirou meu estômago, mas, quando vi o que você fez, fiquei enojado. Você cortou os pés do cadáver para que ele coubesse no caixão menor!

4. A missa das sombras
Anatole France

"A missa das sombras" é uma história de fantasmas incomum. Não evoca pavor nem desperta ansiedade ou tensão, mas nos faz pensar na brevidade da vida e na finitude de todas as coisas deste Universo – inclusive de nós mesmos. É uma história na qual o autor do conto, Anatole France (1844-1924), um dos grandes mestres da literatura francesa, usa a paixão e a ideia de pecado para mostrar as contradições entre os impulsos e desejos dos homens e mulheres e as convenções sociais.

Na França católica do início do século XIX, época em que esta história se passa, fazer amor sem que as pessoas fossem casadas era um pecado grave, pois isso só podia ser feito dentro do casamento, que, por sua vez, devia ser consumado pela Igreja, por meio de seus sacerdotes. Mas a personagem deste conto, apesar de ter entregado seu amor sem ter se casado, de ter "pecado" (para os padrões da época), espelha a sinceridade e a pureza de seu sentimento. Manteve-se fiel à memória do noivo morto através do tempo. Sua fidelidade foi maior que o pecado.

"A missa das sombras" reflete o que o próprio Anatole France esperava de uma história, ou de um livro. "O livro é uma obra de mágica, de onde escapam todos os tipos de imagens que perturbam a alma e mudam o coração dos homens. Melhor dizendo, o livro é um pequeno objeto mágico que nos transporta entre imagens passadas ou através de sombras sobrenaturais", escreveu ele em um ensaio.

Em 1921, quando Anatole recebeu o Nobel de Literatura, o secretário permanente da Academia Sueca – a entidade responsável pelo prêmio – afirmou que o estilo e o conteúdo da sua obra eram comparáveis aos de seus predecessores, François Rabelais e Voltaire, e chamou-o de "o último dos grandes clássicos e o maior representante da civilização francesa". De fato, Anatole France é um dos grandes mestres da literatura universal e, como Rabelais e Voltaire, permeia seus textos com um humor leve, como se estivesse sorrindo ao contar suas histórias.

Seus romances e contos exploram os caprichos e as ilusões da alma humana. Suas narrativas refletem e revelam diferentes emoções de homens e mulheres: suas paixões, desejos, aflições, impulsos. E Anatole France faz isso a partir de uma distância segura, sem julgamento ou compaixão, mas com um humor discreto. Como um pintor, retrata a alma humana com cores sóbrias e, sobretudo, realistas, mostrando a patética distância entre o pensamento das pessoas e suas ações, entre o que elas dizem e o que fazem. Como um sábio, mostra as contradições humanas e as fraquezas de caráter que fazem com que ideais heroicos e elevados caiam por terra. Irônico, descreve o modo como homens e mulheres usam a razão para justificar suas paixões e a imaginação para desculpar seus vícios e fraquezas.

O tempo é outro elemento importante em seu trabalho. Anatole France é capaz de nos transportar ao passado distante e nos colocar, com a máquina do tempo da imaginação, entre guerreiros celtas ou dançarinas egípcias. De fato, o pano de fundo para suas histórias são eventos históricos e contemporâneos. Nesse cenário, ele mostra, por meio dos personagens, seu interesse pelas questões espirituais, aborda a política com ironia, revela seu humanismo, sua preocupação com a fragilidade da mulher e com a beleza e as contradições do cristianismo. Nesse labirinto de conflitos humanos, os personagens de Anatole jogam com as ilusões sem se deixar enganar por elas; respondem com humor à brutalidade da natureza; leem bons livros, bebem vinhos raros, encontram-se com velhos amigos. Seus personagens mostram, enfim, que o melhor a fazer é cultivar o lado bom da vida.

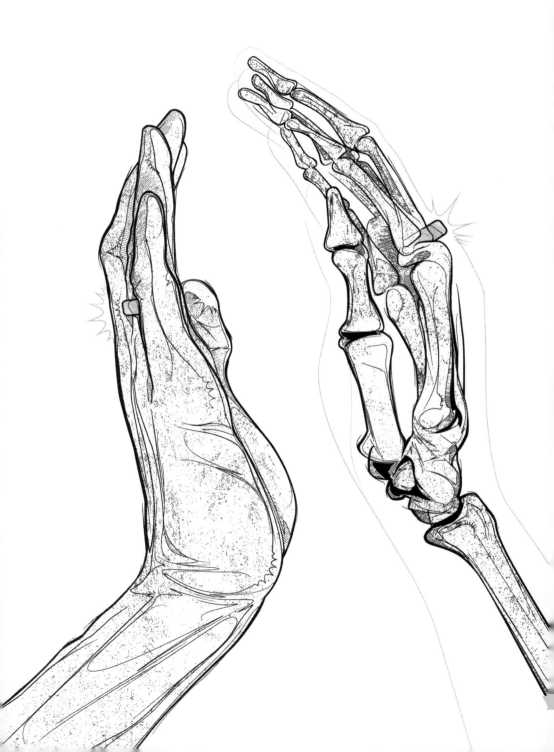

A MISSA DAS SOMBRAS
Anatole France

Em uma noite quente de verão, quando bebia um vinho velho na taberna Cavalo Branco, encontrei o sacristão da igreja de Santa Eulália em Neuville d'Aumont, uma pequena vila próxima a Paris. Eu estava sentado a uma mesa sob as árvores, no pátio da taberna, e o convidei a beber comigo. Servi-lhe um copo de vinho e ele propôs um brinde à memória de Mènandre Gumi, um conhecido morador de Neuville d'Aumont, que ele havia ajudado a enterrar naquela manhã. Brindamos e, como sempre acontece nessas ocasiões, conversamos sobre a morte – a resposta a todas as dúvidas ou, quem sabe, o fim de todas as perguntas. Depois dos comentários inevitáveis e dos clichês que sempre se repetem nessas conversas, ele se pôs a contar uma história que ouvira de seu pai.

– Meu pai, que morreu há muitos anos – começou –, foi coveiro em Neuville d'Aumont. Era um sujeito alegre e bem disposto, como acontece com toda a gente que tem contato com a morte. Ele mesmo dizia que as pessoas que trabalham nos cemitérios são joviais e bem-humoradas. A morte não as assusta. Nunca pensam nela. Eu também sou assim. Entro em um cemitério à noite com a mesma emoção que entraria aqui no Cavalo Branco. E, se por acaso encontrasse um fantasma, não me perturbaria nem um pouco, pois acho que eles têm seus próprios negócios a resolver. Como nós. Conheço muitas coisas sobre os mortos: seus hábitos e personalidades. Posso dizer que sei de coisas que nem os padres sabem. Se fosse contar o que já vi, o senhor ficaria espantado. Mas em boca fechada não entra mosca, e meu pai, que adorava uma prosa, nunca revelava um décimo do que sabia. Sempre repetia as mesmas histórias. A de Catherine Fontaine era uma que contava sem parar.

– Catherine Fontaine? – perguntei, como se talvez devesse saber quem era aquela mulher. O sacristão aproveitou a interrupção para tomar um gole de vinho. Tornei a encher seu copo e ele prosseguiu.

– Catherine Fontaine era uma velha solteirona dos dias de infância de meu pai. Deve haver umas duas ou três pessoas, entre as mais velhas de Neuville d'Aumont, que ainda se lembrem dela. Foi muito conhecida no seu tempo e era bastante respeitada, apesar da pobreza. Morava na esquina da Rue aux Nonnes, na pequena torre que está lá até hoje e que fazia parte de uma velha mansão arruinada que dava para o jardim do convento das Irmãs Ursulinas. Na torre ainda se consegue distinguir uma inscrição meio apagada. O padre da igreja de Santa Eulália disse que a inscrição está em latim e significa "o amor é mais forte que a morte".

Catherine Fontaine morava sozinha nesse lugarzinho minúsculo. Fazia rendados. O senhor sabe que a renda fabricada em nosso país era muito valorizada antigamente, e Catherine era muito boa no que fazia. Ninguém sabia coisa alguma sobre seus amigos e parentes. Mas corria o boato de que, quando tinha dezoito anos, apaixonara-se por um nobre, o Chevalier d'Aumont-Cléry, e os dois ficaram noivos em segredo. Mas as pessoas da vila não acreditavam nessa história. Diziam que ela inventara tudo só porque tinha maneiras aristocráticas, apesar de ser pobre. Ainda conservava traços da antiga beleza. Meu pai dizia que ela deveria ter sido muito bonita quando jovem. Tinha uma expressão triste e sempre usava um desses anéis que representam duas mãos dadas e que são trocados pelos noivos na cerimônia de noivado.

Catherine Fontaine era uma mulher bem religiosa. Passava muito tempo na igreja e todas as manhãs, não importava o tempo que fizesse, ia à missa das seis horas na igreja de Santa Eulália. Uma madrugada de dezembro, quando dormia em seu quartinho na torre, Catherine acordou com o som dos sinos chamando os fiéis para a primeira missa. Levantou-se, vestiu-se e saiu. Era uma madrugada gelada, tão escura, com o céu tão encoberto, que ela não conseguia sequer ver os muros das casas. O silêncio era sepulcral, pesado. Nem mesmo um cão baldio latia à distância. Mas a velha senhora conhecia cada pedra do caminho e podia chegar à igreja de olhos fechados. Ainda mais porque o templo era perto de sua casa, no final da rua.

Ao chegar à igreja, uma construção de madeira com a Árvore de Jessé – a árvore genealógica de Cristo – entalhada em uma das enormes vigas, notou que as portas estavam abertas, como para um casamento. De dentro da igreja irradiava um brilho forte produzido pela luz de muitas velas acesas. Ao entrar, Catherine estranhou que tanta gente tivesse indo à primeira missa do dia em uma manhã gélida como aquela. A igreja estava completamente cheia. Também estranhou a congregação. Nenhum dos rostos matinais que estava acostumada a ver estava lá. Não conhecia ninguém e nunca tinha visto nenhuma daquelas pessoas. Vestiam-se conforme a moda de meio século antes, com perucas empoadas, roupas de veludo e brocados, capas e chapéus enfeitados com penas. Homens com bengalas altas, encastoadas com ouro, davam as mãos a mulheres que escondiam atrás de leques os rostos pintados com exagero. Todos iam para seus lugares sem fazer um único som, como se não tocassem o chão. Não se ouvia nem mesmo o farfalhar dos pesados vestidos fora de moda.

Também havia vários jovens artistas, com o braço passado ao redor da cintura de belas moças, que sorriam de um jeito tímido, cheio de prazer e, ao mesmo tempo, de culpa. Perto da água benta havia um grupo de camponesas sentadas no chão. Atrás delas, alguns homens estavam de pé, olhando-as com tristeza e, ao mesmo tempo, desejo.

Catherine Fontaine ajoelhou-se no seu lugar de costume e observou o padre subir ao altar, seguido de dois sacristãos. Ela nunca tinha visto nem o padre nem seus ajudantes. O sacerdote começou a missa. Era, porém, uma missa silenciosa. Os lábios do padre se moviam, mas nenhum som saía deles. Os sacristãos tocavam os sinos e ela também não ouvia nada.

Catherine sentiu que seu vizinho a observava e, ao virar o rosto para olhar, reconheceu Chevalier d'Aumont-Cléry, seu noivo, morto havia quarenta e cinco anos. Ele vestia sua roupa de caça, as mesmas que usava quando a encontrou na floresta de Saint Leonard, pediu água e lhe roubou um beijo. Continuava belo e jovem, como há quase meio século. Ele sorriu de um jeito que a iluminou. Catherine sussurrou:

"É você, meu querido, meu amigo, a quem há muito tempo entreguei o que uma moça tem de mais precioso! Que Deus o abençoe! Peço que um dia Ele me inspire a me arrepender do pecado que cometi ao fazer amor com você. Mas, mesmo com o cabelo branco e chegando ao fim da vida, não me arrependo de tê-lo amado. Diga-me, amigo querido, quem são essas pessoas, vestidas à moda antiga, assistindo a essa missa silenciosa?".

O noivo de Catherine também respondeu num sussurro.

"Catherine, esses homens e mulheres são almas do purgatório que pecaram da mesma forma que nós: por amar impulsivamente, por amar mais com a carne do que com o espírito. No purgatório, são purificados pelo fogo da ausência. Longe daqueles com quem mais desejam estar, sofrem o que para eles é a pior das torturas: a dor da separação. São criaturas tão infelizes que um anjo se apiedou de seu tormento e conseguiu permissão de Deus para que, uma vez por ano, durante uma hora, elas se encontrem com seus amantes na igreja que frequentavam quando eram vivas para assistirem, de mãos dadas, à missa das sombras. Recebi a graça especial de ver você antes de sua morte, Catherine. Por isso nos encontramos hoje."

Catherine riu e respondeu com malícia:

"Eu morreria feliz, se pudesse recuperar a beleza que tinha quando lhe dei de beber na floresta."

Enquanto sussurravam, um coroinha muito velho fazia a coleta de donativos, estendendo uma grande bandeja de cobre, onde os fiéis depositavam moedas antigas, há muito fora de circulação. As moedas caíam na bandeja sem produzir um único som. Quando o coroinha estendeu a bandeja a Chevalier, ele deixou cair uma moeda de ouro que também não produziu nenhum ruído. Então, o coroinha ofereceu a bandeja a Catherine. A velha senhora procurou em sua bolsa algum dinheiro, mas não encontrou nada. Não querendo que o coroinha continuasse a coleta sem levar nenhuma doação sua, Catherine tirou o anel que Chevalier lhe dera um dia antes de morrer e deixou-o cair na bandeja. Ao contrário das peças de ouro e prata, ao tocar a bandeja, o anel produziu um som alto e grave, como a badalada de um sino. Enquanto o som reverberava na igreja, Chevalier, os fiéis, o padre, os coroinhas, todos, enfim, desapareceram, deixando Catherine só, na escuridão.

O sacristão fez uma pausa e tomou um grande gole de vinho. Então, ficou pensativo por um momento e recomeçou a falar:

– Contei a história exatamente como meu pai contava e acredito que seja verdadeira, porque coincide em todos os aspectos com o que tenho observado sobre o jeito dos mortos. Desde a infância, tive diversos encontros com gente que já morreu e sei que eles costumam voltar para aquilo que mais amavam em vida. É por isso que os mortos vagam à noite nos lugares próximos dos tesouros que esconderam quando estavam vivos: para vigiar seu ouro. Da mesma forma, os maridos mortos voltam para assombrar as esposas que se casaram de novo. Na verdade, conheço uns dois ou três que deram mais atenção às suas mulheres depois de mortos do que em vida. Mas a história que eu contava acaba de um modo extraordinário. Na manhã que se seguiu àquela estranha madrugada, Catherine Fontaine foi encontrada morta em seu quartinho. Na mesma manhã, apareceu na urna de doações da igreja de Santa Eulália um desses anéis que representam duas mãos dadas, trocados pelos noivos nas cerimônias de noivado. Curioso, não? Assim é a vida: envolta em mistério. Então, vamos pedir mais um vinho?

5. Ligeia
Edgar Allan Poe

Edgar Allan Poe é um dos autores norte-americanos mais influentes do universo literário. Seus textos são um marco do Movimento Romântico norte-americano e, até hoje, importante referência. Não é para menos: Poe é o inventor da literatura policial, ajudou a consolidar o gênero ficção científica e é um dos principais escritores da literatura gótica – um subgênero do Romantismo que combina elementos de terror e romance, geralmente em cenários tão majestosos quanto decadentes. Além disso, seus escritos influenciaram campos específicos do conhecimento, como a criptografia e a cosmologia. As histórias de Edgar Allan Poe, muitas vezes autobiográficas, trazem à tona o horror, a crueldade e a loucura que habitam a mente humana. O próprio Edgar dizia que o terror em suas narrativas é "o terror da alma".

Poe também é um dos personagens mais malditos da história da literatura. Sua vida foi envolvida em uma atmosfera de mortes e de perdas, e essas experiências são marcantes em sua obra. A personalidade altiva também lhe trouxe grandes inimizades. Até depois de sua morte prematura, um de seus críticos se esforçou para denegrir sua memória.

Edgar Allan Poe nasceu em 1809, em Boston, Estados Unidos, e era filho de um casal de atores. Seu pai abandonou a família quando Edgar tinha um ano, e a mãe acabou morrendo pouco depois. O bebê foi separado do irmão e da irmã mais velhos e levado para viver com um casal que não tinha filhos, John e Frances Allan. John era um rico comerciante, e os Allan proporcionaram educação ao garoto, embora nunca o tenham adotado formalmente. Na verdade, John Allan tinha uma relação ambígua com Edgar. Ora o mimava, ora o maltratava.

Durante a infância, Edgar passou alguns anos com a família adotiva na Inglaterra, onde estudou. No entanto, o começo da sua vida adulta foi tumultuado. Ele frequentou a Universidade de Virgínia por um ano, porém precisou abandonar os estudos por falta de dinheiro. Como alternativa, tentou carreira no exército. Quando estava servindo, tentou entrar para a academia de West Point, mas foi reprovado nos exames de admissão. Nessa época, reclamando da falta de apoio financeiro de John Allan, Edgar se desentendeu com a família adotiva. Em 1830, um ano depois que Frances morreu, ele rompeu definitivamente com os Allan. A partir de então, acrescentou ao sobrenome o de sua mãe biológica: Poe.

Frustrado com a reprovação em West Point, Edgar resolveu sair do exército antes do final do serviço militar. Para tanto, fez de tudo para ser expulso. Desobedeceu às ordens, faltou à formação seguidas vezes e não ia à igreja, o que era uma falta grave. Foi nessa época que começou a publicar. Depois de um processo complicado, no qual foi julgado por uma corte marcial, Poe finalmente deu baixa do exército e foi morar com a avó, uma tia e a filha dela, Virginia Clemm. As três eram muito pobres, subsistiam apenas com a pensão da avó de Edgar.

Em 1835, Poe começou finalmente a ganhar dinheiro com seu talento. Nesse ano, foi contratado como editor-assistente do jornal *Southern Literary Messenger*, na cidade de Richmond. Além de contos e poemas, fazia crítica literária. De fato, o trabalho de Poe como crítico era muito consistente. Cáustico, atraiu muitos inimigos no meio cultural da Nova Inglaterra. A partir de então, viveu só do que escrevia, tornando-se um dos primeiros autores norte-americanos a fazer isso.

No mesmo ano em que começou a trabalhar no *Southern Literary Messenger*, casou-se com a prima, Virginia Clemm. Tinha vinte e sete anos; ela, treze. A irmã e o cunhado de Virginia tentaram impedi-la, mas o impetuoso Edgar conseguiu o que queria. Nutria grande paixão pela prima, que também se devotava inteiramente a ele. Muitos biógrafos afirmam que o casal não consumou sexualmente o casamento. Era uma relação de idolatria que alguns descreveram como parecendo mais de irmão e irmã do que de marido e mulher.

Sete anos depois de se casarem, em 1842, aos vinte anos, Virginia contraiu tuberculose, na época uma doença fatal. Sobreviveu por mais cinco anos. Nos últimos tempos, seu sofrimento era constante e excruciante. A tristeza de Virginia aumentou com os boatos sobre o envolvimento de Edgar com outras mulheres, como Frances Osgood e Elizabeth Ellet. Ao que parece, apesar dos flertes, tudo não passou de trocas de cartas e muito ciúme, principalmente entre as três mulheres, que disputavam a atenção de Edgar – Virginia, Frances e Elizabeth. Atualmente, o caso provavelmente seria visto como mera fofoca, mas, para os padrões daquele tempo, foi um escândalo. Segundo a própria Virginia, os boatos sobre o envolvimento de Edgar com Frances Osgood e Elizabeth Ellet agravaram sua doença.

Apesar dos rumores, Poe sofria demais ao ver sua mulher lutando contra a doença. Em carta a um amigo, descreveu seu estado de espírito: "Cada vez que sinto as agonias da morte dela, a cada acesso da doença, eu a amo ainda mais e me agarro à vida dela com mais desespero e tenacidade. Mas sou de constituição sensível e tenho estado ainda mais nervoso. Estou insano, mas há intervalos de uma horrível sanidade".

Para piorar ainda mais a situação, Poe ficou sem trabalho. O jornal do qual era dono, em Nova York, o *Broadway Journal*, falira em 1846, e o casal vivia em uma situação próxima à da miséria. Diversos editores amigos publicaram apelos em jornais alertando para o estado de penúria em que Edgar – um "consagrado autor" – vivia com a mulher, que, por sua vez, agonizava com tuberculose.

Virginia morreu em 1847, deixando Edgar desconsolado. Ele se recusou a ver o corpo da esposa. Ao se dar conta de que não tinha nenhum retrato dela, Edgar encomendou a única imagem conhecida de Virginia Clemm Poe, uma aquarela na qual o pintor se baseou no cadáver para pintar uma Virginia viva.

Edgar passava várias horas, à noite ou de madrugada, junto ao túmulo da esposa. Nem mesmo a neve ou o vento cortante o afastavam da tumba. Muitas vezes, amigos ou conhecidos o tiravam do lado do túmulo de Virginia e o levavam para casa, como se ele fosse um autômato. Mesmo assim, Edgar ainda tentou cortejar outras mulheres e quase chegou a se casar, em 1848, com a poetisa Sarah Helen Whitman. Mas todos concordavam que a mulher da vida de Edgar tinha sido Virginia.

Poe não viveu muito mais tempo que a esposa. Morreu dois anos depois dela, em 1849, aos quarenta anos de idade. Ninguém sabe ao certo a causa de sua morte. Foi encontrado em péssimas condições, delirando pelas ruas de Baltimore, vestindo roupas que não eram dele, em dia de eleição, três semanas depois que partira de Richmond para voltar para casa, em Nova York. Levado ao hospital, onde ficou internado por quatro dias até falecer, não pôde explicar o que havia acontecido com ele, pois não chegou a recuperar a razão. Alguns biógrafos relacionam seu fim ao consumo excessivo de álcool. Outros sustentam que foi cólera, hidrofobia, tuberculose, ou até mesmo uma tentativa de suicídio, entre outras hipóteses. Há ainda a possibilidade de Edgar ter morrido por conta dos maus tratos que sofreu ao ser sequestrado e drogado e, em seguida, levado pelos sequestradores para votar várias vezes em determinado candidato – uma prática comum nos Estados Unidos do século XIX. Isso explicaria o estado de delírio e as roupas trocadas, pois o "eleitor" era disfarçado a fim de votar várias vezes. O fato é que todos os registros de internação, assim como o certificado de óbito de Poe, desapareceram. Ao que parece, a causa da sua morte sempre será um mistério.

Muitos dos contos de Poe refletem a agonia que sofrera ao longo da doença de Virginia – o pesadelo da impotência de ver um ente querido definhar sem poder fazer nada para reverter a situação. Com efeito, a morte de uma bela mulher é um tema recorrente na obra de Poe. "O corvo", "Annabel Lee", "Morella", "Berenice" e "Ligeia" refletem bem essa fixação. Retratam mulheres fisicamente parecidas com Virginia Clemm Poe, as quais estão sempre envoltas pela sombra da morte. "O corvo", que projetou Poe à fama imediata, foi publicado em 1845, quando Virginia já estava tuberculosa. Mas, estranhamente, pelo menos um deles foi escrito antes de ela adoecer: "Ligeia", aqui adaptado, foi publicado em 1838, quatro anos antes de a esposa de Edgar ficar doente.

"Ligeia" foi reescrito algumas vezes. O poema "O verme conquistador", aqui livremente adaptado, só veio a aparecer em uma edição de 1843. Poe dizia que "Ligeia" foi a melhor história que escreveu. Outros autores influentes concordam com ele. George Bernard Shaw (1856-1950), que muitos consideram o maior dramaturgo de língua inglesa do século XX, disse que a "história de Lady Ligeia não só é uma das maravilhas da literatura, mas também, principalmente, única e inimitável". A personagem do conto é descrita com as mesmas características de Virginia Clemm. Cabelos negros, inteligente e possuidora de verdadeira idolatria pelo marido – como Virginia. O conto também parece ser uma profecia. Ligeia adoece, para desespero do marido, que acompanha, impotente, o definhar da mulher.

Talvez o medo de Edgar de perder a esposa o tenha estimulado a escrever o conto. E o delírio do personagem após sua perda também se parece com o de Edgar, depois da morte de Virginia. A memória do narrador está esvanecendo em uma tentativa de esquecer sua dor.

Até mesmo a afirmação que permeia o conto, segundo a qual a vontade é mais forte que a morte, atribuída por Poe ao teólogo inglês Joseph Glanvill (1636-1680), mas que, de fato, não se encontra em sua obra, remete ao desejo de manter viva a mulher amada.

Muito se tem discutido sobre "Ligeia". O narrador, que depois da perda da esposa se vicia em ópio, não é considerado confiável. Não se sabe se aquilo que ele descreve – a transformação que ocorre no final do conto – é resultado do seu delírio, ou do desejo de Ligeia, ou se realmente acontece. E aqui entra a participação do leitor. Na verdade, em qualquer arte, o artista apenas propõe uma expressão qualquer – escrita, plástica ou sonora. A arte se realiza, de fato, na mente do espectador. É ele quem percebe a proposta do artista. É o espectador que, ao ser tocado, realiza a obra. Por isso, o que acontece mesmo no final de "Ligeia" fica a critério do leitor. Nessa história, se quiser, ele tem o poder de trazer os mortos de volta à vida.

LIGEIA
Edgar Allan Poe

> A vontade não morre jamais. Quem conhece o mistério da força da vontade? Deus não é nada além de uma grande vontade que anima todas as coisas com o poder de sua intenção. O homem não se entrega nem aos anjos nem à morte, a não ser que sua vontade seja fraca.
>
> *Joseph Glanvill*

Não consigo me lembrar de como, quando e nem mesmo onde conheci Ligeia. Muitos anos se passaram, e minha memória ficou fraca com tanto sofrimento. Talvez não consiga me lembrar desses detalhes agora, porque, na verdade, a personalidade de minha esposa, seu grande saber, sua beleza singular, sua voz musical encontraram lentamente o caminho do meu coração, de modo que ela me conquistou de forma imperceptível e sem que eu percebesse. Mas acredito que a vi pela primeira vez em uma cidade grande e decadente às margens do Reno. Certamente, ela me falou sobre sua família; porém, também nada lembro a respeito disso. Apesar de não me recordar de fatos importantes sobre ela, sua imagem – de Ligeia, aquela que já não

existe – desfila diante de meus olhos sem que eu possa evitar. E agora, enquanto escrevo, vem-me à mente que eu nunca soube seu sobrenome, mesmo tendo ela sido minha amiga, companheira e, finalmente, esposa – protagonista de um malfadado romance.

De fato, embora grande parte das minhas recordações com Ligeia tenha se perdido e se mesclado à imaginação e ao sonho, lembro-me com perfeição de sua fisionomia. Era alta, esbelta e, nos últimos dias, tornou-se muito magra. Majestosa, tinha maneiras calmas, suaves. Chegava e saía sem ser notada, como se fosse uma sombra. Eu só percebia que tinha entrado em meu estúdio quando ela pousava levemente sua mão pálida em meu ombro ou quando ouvia a maciez de sua voz. Nenhum rosto de mulher é tão belo como foi o de Ligeia. Seus traços, porém, não eram os que se esperam em uma mulher bonita. Tinham certa estranheza que, contudo, a deixavam ainda mais bela: a testa alta, a pele cor de marfim, o contorno delicado do nariz, a boca aveludada que escondia dentes brilhantes, um queixo forte e os cabelos negros, ondulados, quase alados. Em minhas memórias, vejo seus olhos com nitidez. Negros, grandes, maiores do que os olhos humanos, mais parecendo os de uma gazela. Quando eles se iluminavam, sua beleza se tornava ainda mais misteriosa, e ela parecia uma criatura etérea vinda de um mundo distante, mais elevado que este.

Com o tempo, a beleza de Ligeia se dissolveu em minha memória e penetrou meu espírito. Certas circunstâncias me trazem de volta o sentimento que minha esposa despertava em mim. Certas estrelas, o mar e videiras chamam Ligeia de volta. Também já senti o mesmo observando riachos, uma determinada mariposa, borboletas e crisálidas. O olhar das pessoas idosas me provoca o mesmo sentimento. Alguns escritos também. Entre outros, um trecho de um volume de Joseph Glanvill, sempre me traz a mesma sensação: "A vontade não morre jamais. Quem conhece o mistério da força da vontade? Deus não é nada além de uma grande vontade que anima todas as coisas com o poder de sua intenção. O homem não se entrega nem aos anjos nem à morte, a não ser que sua vontade seja fraca".

A cultura de Ligeia era imensa. Era proficiente em grego e latim e também falava vários idiomas modernos. Mergulhara fundo em diversas áreas do conhecimento humano: Ética, Ciência, Matemática.

Mesmo assim, era modesta, resignada. Deixava-me guiá-la através do mundo caótico da metafísica, do qual me ocupei durante a maior parte dos anos em que estivemos casados. Como entesouro a lembrança dos momentos em que ela se inclinava sobre mim, procurando acompanhar minha leitura enquanto eu estudava!

Por isso tudo, minha dor foi imensa quando, depois de alguns anos de casamento, Ligeia adoeceu. Aos poucos, começou a perder a vivacidade. Seus olhos passaram a irradiar um brilho louco, quase glorioso. Sua pele foi se tornando ainda mais pálida até atingir o tom esverdeado dos cadáveres. As veias de sua testa inchavam e saltavam à menor emoção. Ela lutava contra a doença com coragem e com todas as forças que conseguia reunir. Resistia o mais que podia, sem saber que os médicos a tinham desenganado.

Quanto a mim, embora soubesse que ela ia morrer, não deixava de esperar um milagre. Era iludido pelos breves períodos nos quais melhorava e acreditava que poderia tê-la de volta ao meu lado. A oscilação entre a esperança e o desespero me massacrava. Achei que iria enlouquecer.

Mas a morte veio. Ligeia debateu-se e brigou com a escuridão. Eu assisti ao embate impotente, afogado pelo pesar. Ela desejava intensamente a vida, queria continuar a viver. E mesmo em meio a toda essa angústia, Ligeia não deixou de ser plácida, suave. Sua voz foi enfraquecendo, tornando-se mais baixa. Dizia palavras loucas, cujo sentido só podia dizer respeito àquilo que os vivos desconhecem.

Ficou com minhas mãos nas suas, durante as horas de agonia, confessando tudo o que havia em seu coração enquanto a vida escapava dela. Fazendo um gesto quase imperceptível ao indicar o criado-mudo, pediu que eu lesse uns versos que havia escrito dias antes. Peguei o papel de cima do criado-mudo e li:

O verme conquistador

É noite de gala.
Anjos entram na sala
Para assistir a uma peça
De terror e desesperança.

Marionetes vêm e vão
Tentando trazer o céu para o chão
Num drama louco, torturado,
Repleto de horror e pecado.

Seres rastejantes de forma estranha
Repletos de sangue e de medo nas entranhas
Contorcem-se em dores infinitas –
Serafins soluçando nas presas de parasitas.

Um lugar insano, o palco desse terrível drama,
Onde a paixão é o centro da trama.
E então, cai o pano no final –
Uma mortalha de funeral.

E os anjos espectadores,
Condoídos com os atores,
Aplaudem a tragédia, que se chama "De humanidade e dor",
E cujo herói é o verme conquistador.

Ligeia morreu pouco depois de eu terminar de ler o poema.
Morreu perguntando se, ao menos uma vez, o verme conquistador
não poderia ser derrotado.

– Quem conhece o mistério da força da vontade? O homem não
se entrega nem aos anjos nem à morte, a não ser que sua vontade seja
fraca – repetiu Ligeia. E a vida saiu dela em seu último estertor. Seus
olhos, antes tão brilhantes, tornaram-se baços; a boca se abriu, flácida,
descorada, ao pronunciar as palavras derradeiras. Ligeia já não era.

Desolado com a morte de minha esposa, não pude continuar
naquela cidade lúgubre e decadente às margens do Reno. Eu não
tinha problema com dinheiro. Ao contrário, nasci em uma família rica,
e Ligeia também aumentou demais nossa fortuna com sua herança.
Depois de passar alguns meses vagando sem destino de cidade em
cidade, de hotel em hotel, comprei e reformei uma abadia arruinada,
em um lugar remoto da Inglaterra. A grandiosidade funesta e sombria
do prédio, as lembranças antigas e melancólicas das quais foi palco
tinham muito a ver com meu estado de espírito, com o sentimento

de abandono que tinha me levado àquela região isolada do país. Esse sentimento também me empurrara ao vício do ópio. Revesti meu mundo, meu estudo e minhas ações de sonho e ilusão.

Torturado pela solidão, voltei a me casar. Busquei, sem saber, na bela Rowena Trevanion – loura e de olhos azuis –, uma substituta para a minha insubstituível Ligeia. Decorei uma câmara nupcial especialmente para ela. Móveis laqueados, bustos de bronze e mármore, estatuetas de marfim e ouro. O quarto ficava na antiga torre da abadia. Era grande, em forma de pentágono – uma geometria mágica, capaz de evocar tanto o bem como o mal. Uma enorme janela se abria para a charneca desolada. Era uma única peça de vidro azul que filtrava os raios do sol e da lua, transformando sua luz, tingindo os objetos do quarto de uma cor fantasmagórica. Do centro do teto pendia um incensário de ouro, sempre inundando o ambiente com fumaça perfumada. A cama de baldaquim era alta, com dosséis de ébano esculpidos em forma de serpentes. Em cada canto da câmara havia um sarcófago genuíno, que eu mandara trazer das tumbas dos reis de Luxor. As paredes – muito altas – eram cobertas com uma tapeçaria enorme que revestia o chão, os móveis e o baldaquim da cama, feita do mesmo tecido das cortinas, um brocado de seda com relevos bordados em ouro. O padrão do tecido causava um efeito estranho que dava a impressão, a quem entrava na câmara, de estar cercado de formas fantásticas, mutantes. O efeito fantasmagórico era ainda mais forte por causa da corrente de vento que passava atrás da tapeçaria, movendo-a constantemente, fazendo dançar os arabescos dos tecidos, animando-os como se tivessem vida própria.

Foi nesse aposento que eu e Rowena passamos o primeiro mês de nosso casamento. Logo ficou claro que meu temperamento soturno a desagradava, e que ela temia meu mau humor. Isso, em vez de me desgostar, me despertava um prazer mórbido. Percebi também que, desde o primeiro momento, busquei em Rowena não só um antídoto contra a solidão, mas também uma substituta para Ligeia. Contudo, era impossível preencher o lugar de minha primeira esposa – sua atitude, conhecimento, interesse, dedicação, em nada disso Rowena ocupava o espaço deixado por Ligeia. E por isso, sem perceber, comecei a odiá-la com uma raiva que parecia vir mais de um demônio que de um homem.

Meu pensamento era habitado somente por Ligeia. Incessantemente, ela desfilava pela paisagem onírica das minhas viagens de ópio.

Modificadas pelas ilusões da dor e pelas imprecisões da memória, as qualidades de Ligeia se tornaram ainda mais elevadas, e a memória de minha falecida esposa começou a adquirir contornos quase míticos. À noite, sob o efeito do ópio, eu gritava o nome dela pelos corredores vazios da antiga abadia, como se com isso pudesse trazê-la de volta à vida. Durante o dia, vagava pela charneca desolada, como um louco à procura de si mesmo.

No início do segundo mês de nosso casamento, Rowena adoeceu. Uma febre a consumiu lentamente, desgastando-a, enfraquecendo-a. Delirava. Em seu estado – meio adormecida, meio acordada –, falava frases desconexas, evocava visões sobrenaturais. Imaginei que isso se devia à influência da torre em que mandei fazer nosso aposento, com seu aspecto e decoração fantasmagóricos.

Aos poucos, Rowena se recuperou. Por pouco tempo, porém. Antes de ter se curado completamente, ela teve uma recaída violenta e ficou ainda mais doente. Prostrada na cama, os médicos que tratavam dela pouco puderam fazer. A doença só piorou. Nos raros momentos de lucidez, Rowena ficava irritadiça e se assustava com coisas triviais. Falava de sons que ouvia e dos movimentos estranhos da tapeçaria que revestia nossa câmara.

Uma noite, no início do outono, Rowena começou a falar com muita inquietação sobre os sons e os movimentos estranhos que via e ouvia. Havia acabado de acordar de um sono perturbado. Sentei-me na beira da cama, ao seu lado, e ela me pediu para tentar ouvir. Eu, porém, não ouvi nada. Chamou minha atenção para os movimentos bruscos da tapeçaria, mas eu nada vi. Tentei tranquilizá-la, dizendo que a corrente de ar que passava atrás da tapeçaria provocava ondulações no tecido e esses movimentos nos padrões geométricos bordados pareciam dar vida aos desenhos. Mas seu olhar apavorado me disse que ela não havia acreditado em mim. Ao contrário, ficou ainda mais assustada pelo fato de eu não estar nem vendo nem ouvindo nada do que ela via e ouvia. Agitada e desconcertada, desmaiou. Corri em busca de um decantador com o vinho leve que o médico tinha receitado. Ao chegar ao centro do aposento, sob o incensário, notei algo passando por mim e vi nitidamente, embora apenas por um momento, a sombra de um ser angelical. Em meio à névoa de ópio que nublava minha mente, não dei atenção a essa visão, tampouco falei sobre isso com Rowena.

Tendo achado o vinho, voltei à cama onde estava a doente. Quando a ergui para sentá-la, Rowena recobrou os sentidos e conseguiu pegar a taça que eu lhe oferecia. Sentei-me ao seu lado, sem tirar os olhos dela. Ao longo de sua doença, testemunhando seu sofrimento, a raiva que sentia por ela se amainou e acabou se transformando em pena. E a pena, em compaixão. Entregue a esses pensamentos, ouvi passos no tapete ao lado da cama e vi – ou penso ter visto – três ou quatro gotas vermelhas como rubis se condensarem do nada e caírem no vinho medicinal de Rowena no momento em que ela levava a taça aos lábios para beber. Mas se isso aconteceu realmente, Rowena não percebeu nada. Bebeu todo o conteúdo da taça e eu não a impedi, considerando que o cansaço, o efeito do ópio e as sombras da madrugada me levaram a ver coisas que, provavelmente, não existiam.

Contudo, depois de beber o vinho com as gotas de rubi, Rowena piorou demais. Sua agonia durou três dias inteiros. Morreu ao amanhecer do quarto dia. Os empregados a preparam para o funeral e, à noite, sentei-me junto a ela naquele aposento fantasmagórico para velar seu corpo até a hora do enterro, na manhã seguinte. O ópio me trouxe visões fantásticas. A certa altura, meus olhos pousaram sobre os móveis e se moveram lentamente para os sarcófagos nos cantos da enorme câmara, para o incensário com sua fumaça diáfana alterando a luz e se detiveram no lugar onde noites antes eu havia visto a sombra passar. Para meu alívio, nada havia ali. Voltei, então, minha atenção para o cadáver pálido e rígido de Rowena. Meu coração foi inundado por uma torrente de emoções amargas e minha mente se encheu de pensamentos sobre Ligeia. A noite se arrastava e, sem tirar os olhos do corpo sem vida de Rowena, não pude parar de pensar em Ligeia.

No começo da madrugada, um soluço de choro, suave, baixo, porém perfeitamente claro, me despertou do torpor em que me encontrava. Parecia ter vindo da cama de ébano, onde repousava o cadáver de Rowena. Fui tomado por um terror eletrizante. Atento, tentei ouvir novamente, mas o soluço não se repetiu. Olhei fixamente para o corpo à espera de algum movimento, sem que nada acontecesse. No entanto, estava certo de ter ouvido distintamente aquele som.

Continuei a observar o corpo de Rowena. Durante vários minutos não percebi nada de diferente. Contudo, depois de um tempo, notei que um pouco de cor afluía para sua pele. O tom esverdeado de seu rosto deu lugar a uma palidez quase rósea. Nova onda de terror me inundou. Sentei-me rígido, oprimido por um medo irracional. Mas a razão acabou dominando minha emoção e concluí que, obviamente, havíamos preparado Rowena para o funeral cedo demais, pois ela ainda estava viva. Precisava fazer algo com urgência para socorrê-la.

Entretanto, a torre onde estávamos era separada do restante da abadia, onde ficavam os aposentos dos criados e, para chamá-los, eu precisaria deixar o quarto por vários minutos – e isso eu não faria. Tentei reanimá-la eu mesmo, mas em vão. A cor desapareceu do seu rosto e das mãos, deixando em seu lugar a palidez esverdeada dos cadáveres. Os lábios se abriram em uma expressão medonha de morte. Um frio emanou do corpo que voltara a ficar rígido. Abalado com os sentimentos que haviam se apoderado de mim, deixei-me cair no sofá, ao lado da cama onde jazia Rowena e, mais uma vez, a visão de seu cadáver me trouxe lembranças de Ligeia.

Passei algum tempo nesse abandono. Não posso dizer quanto – talvez uma hora. Então, voltei a ouvir um suspiro vindo da direção do corpo de Rowena. Não pude impedir nova onda de medo eletrizar meus nervos. O som se repetiu. Corri até o cadáver e vi nitidamente um tremor em seus lábios. A vida voltava a pulsar em seu rosto. Sua pele voltava a brilhar e a emanar calor. Até mesmo seu pulso, embora fraco, retornara. Rowena vivia! Tentei ressuscitá-la, fazendo tudo o que sabia e podia para despertá-la do sono da morte – em vão. De repente, a cor sumiu, o pulso parou, o corpo esfriou e enrijeceu. Dessa vez, porém, pareceu-me haver uma mudança na aparência do cadáver, algo quase imperceptível.

Durante toda a madrugada, até surgir o primeiro clarão de luz anunciando o amanhecer, esse drama de ressurreição e morte se repetiu várias vezes. A cada vez, parecia que eu lutava uma batalha tremenda com um inimigo invisível e invencível. E, a cada vez, alguma terrível transformação se operava no cadáver de Rowena. Então, parei de lutar e me entreguei. Apenas me rendi ao redemoinho de emoções excruciantes que me dominava e me enlouquecia.

Agora, o corpo de Rowena se mexia com mais vigor e o sangue tinha novamente voltado a dar cor à sua pele. Embora seus olhos continuassem fechados, não fosse pela mortalha que os criados haviam vestido em Rowena e a bandagem que continuava a envolver seu cabelo e rosto impedindo o queixo de cair, eu diria que minha segunda esposa tinha voltado à vida.

Cansado de me opor ao desconhecido e alquebrado pela sucessão de sentimentos que me invadiram, não reagi nem me surpreendi ao ver o corpo levantar-se lentamente da cama e caminhar até o meio do aposento. Não tremi, nem temi. Fiquei paralisado onde estava. Ela andava de olhos fechados, como uma sonâmbula. Algo, porém, havia mudado completamente na figura de Rowena. Parecia mais alta, mais magra. Aturdido, estiquei o braço num ato involuntário e toquei seu pé quando ela passou por mim. Ela estremeceu e, com esse movimento, a bandagem que envolvia seu rosto caiu, soltando seu cabelo longo, abundante... negro como as asas de um corvo. Vagarosamente, ela abriu os olhos – grandes e pretos como os de uma gazela – e eu reconheci terrificado naquele rosto que despertava da morte não o de Rowena, mas o de meu único e verdadeiro amor. Era Ligeia.

6. Espíritos
Ivan Turguêniev

Entre os muitos mistérios da vida, talvez aquele que mais nos fascine seja o amor. É o impulso universal da união, que tudo cria e gera, manifestando-se até mesmo entre elementos químicos, quando átomos se combinam para gerar uma substância diferente deles mesmos.

Mas se o amor tudo envolve, unindo todas as coisas – até simples moléculas –, será que um fantasma poderia se apaixonar por uma pessoa viva?

Para Ivan Turguêniev (1818-1883), um dos maiores escritores russos do século XIX, sim, isso é possível.

Na história aqui recontada, o espectro misterioso de uma mulher visita o narrador da história, declarando seu amor e levando-o com ela em seus voos noturnos pelos céus da Europa. Viajando com a velocidade do pensamento, o fantasma faz o protagonista viver diferentes emoções, conforme o lugar a que o leva.

Este conto reflete muitas características do estilo literário e da vida de Turgueniev. Em grande parte da sua ficção, o amor é fugidio: ele se esvai e desaparece antes mesmo de desabrochar. São textos melancólicos, nostálgicos, mas que, ao mesmo tempo, evocam profunda beleza.

"Espíritos" (e também outras histórias) reflete, até certo ponto, o amor não realizado do próprio Turgueniev. O escritor passou boa parte da vida atrás de uma mulher casada, uma francesa, filha de espanhóis, chamada Pauline Garcia Viardot (1821-1910). Pauline era cantora de ópera, meio-soprano famosa na Europa, e talentosa pianista. Seus duetos com Frédéric Chopin foram registrados com entusiasmo na crônica do século XIX. Na verdade, ela e o grande pianista eram tão amigos que, quando Chopin e sua amante, George Sand, terminaram o relacionamento, em 1847, Pauline fez tudo para uni-los de novo.

Turgueniev se apaixonou por Pauline depois de tê-la ouvido cantar na ópera *O barbeiro de Sevilha*, em Moscou. O relacionamento entre eles foi longo e tinha o consentimento e a cumplicidade do marido dela, vinte e um anos mais velho que Pauline – embora Turgueniev e Pauline provavelmente não fossem mais que amigos íntimos. Tão íntimos que Turgueniev deu de presente ao casal uma quinta em Bougival, nos arredores de Paris, onde muitos artistas e escritores reuniam-se, como Guy de Maupassant e Gustave Flaubert, aos quais Turgueniev se associou.

Turgueniev seguia o casal Viardot em suas viagens, mas era inevitável que se sentisse "a mais". Era, como diz o título de um dos seus romances, *Um homem supérfluo*, cujo objeto de amor sempre lhe escapava.

Apesar de ele ter se apaixonado por outras mulheres, Pauline sempre foi seu grande amor. Aos quarenta anos, ele declarou que tinha desistido de ser feliz com uma mulher. Com efeito, nunca se casou, embora tenha tido uma filha ilegítima com uma serviçal. Detalhe: a menina recebeu o nome de Paulinette.

Esse amor não realizado influenciou demais sua obra – tanto na escolha dos temas como no ponto de vista distante e um tanto impessoal.

Celebrado em seu país, o escritor foi uma das grandes personalidades literárias russas do século XIX. Era amigo de Liev Tolstói e de Fiódor Dostoiévski, apesar de ter brigado com os dois por causa de opiniões divergentes. Tanto Tolstói como Dostoiévski criticavam a preferência de Turgueniev pela Europa Ocidental. Tolstói, que escreveu, em seu diário, "Turgueniev é um chato", chegou a desafiá-lo para um duelo, mas se arrependeu e pediu desculpas. Com o tempo, Turgueniev acabou se reconciliando com os dois.

Suas obras principais são *Notas de um caçador*, uma coleção de contos sobre a vida dos servos, e o romance *Pais e filhos*, considerado uma das maiores obras de ficção do século XIX. Em "Espíritos", como em outras histórias, Turgueniev nos conduz através de uma atmosfera de rara beleza e sensibilidade, envolvendo o leitor em uma trama de suspense e imaginação. Questões são levantadas, mas quase nunca respondidas. Nem mesmo o narrador do conto sabe ao certo quem era sua misteriosa companheira.

ESPÍRITOS
Ivan Turguêniev

I

Naquela noite, eu não conseguia dormir. Rolava na cama de um lado para o outro como se o colchão fosse uma grelha de assar. Aquilo estava me dando nos nervos. Então, suavemente, o sono começou a me envolver.

De repente, ouvi um som fraco, parecia o de uma harpa. Levantei a cabeça. A lua projetava seus raios no quarto, prateando tudo o que tocava: móveis, cortinas, tapetes. O estranho som ecoou novamente. Sentei-me na cama. Um bom tempo se passou. Um galo cantou ao longe. Deitei-me novamente e, em pouco tempo, dormi.

Tive um sonho estranho. Estava no meu quarto, na cama, mas acordado. De novo, ouvi aquele som misterioso. Virei-me na direção de onde ele vinha e o círculo formado por um raio de lua no chão começou a tomar a forma de uma mulher, branca como a luz e tão rarefeita quanto a neblina.

– Quem é você? – perguntei assustado.

– Sou eu – respondeu uma voz que parecia o sussurro do vento nas folhas. – Sou eu... eu... Vim por você.

– Por mim? Mas quem é você?

– Vá esta noite até a orla da floresta, onde há um velho carvalho. Estarei à sua espera.

Tentei olhar o rosto da mulher misteriosa, mas não consegui fixá-lo. Senti apenas um hálito gelado soprando sobre mim.

Acordei sobressaltado, sentado na cama. No lugar onde, no sonho, o fantasma tinha estado, havia um raio de luar formando um círculo no chão.

II

O dia passou lentamente. Tentei, sem sucesso, ler, trabalhar. A noite chegou e me carregou de angústia. Deitei-me virado para a parede.

– Por que não veio? – ouvi um sussurro soprar no quarto.

Sentei-me num sobressalto e lá estava o fantasma da mulher novamente. Olhos imóveis em um rosto imóvel; o olhar cheio de tristeza.

– Venha! – pediu num sussurro.

– Eu irei – respondi instintivamente, dominado pelo medo.

O fantasma curvou-se para a frente e, ondulando como fumaça, desapareceu. A lua voltou a brilhar no assoalho do quarto.

III

Passei o restante do dia seguinte em estado de ansiedade. Depois do jantar, cheguei a ir até a porta, mas dei meia-volta e enfiei-me na cama, sentindo o coração bater na garganta. Uma vez mais o som de harpa. Dessa vez, não ousei olhar para os lados. Então, senti alguém segurar meu ombro e soprar nos meus ouvidos:

– Venha... Venha... Venha...

– Eu irei! Eu irei! – respondi tremendo de terror, ao mesmo tempo em que me sentava na cama.

A mulher de branco estava de pé, ao lado da cama. Sorriu e começou a desaparecer. Daquela vez, porém, consegui distinguir seu rosto. Parecia que a conhecia. Mas de onde? Quando a tinha visto?

Na manhã seguinte, acordei tarde e passei o dia perambulando pelo campo. Fui até o velho carvalho na orla da floresta e examinei o lugar.

No final da tarde, sentei-me no sofá de meu estúdio com as janelas abertas. O sol se punha, tingindo o mundo com a púrpura de seu sangue de luz. Nem as folhas nem a relva se mexiam, paralisadas na atmosfera sem vento. A intensidade da cor contrastava com a imobilidade quase mortal. Era uma visão estranha, por pouco irreal. Um pássaro cinza e grande pousou no parapeito da janela e me lançou um olhar. "Será que você veio para me lembrar do convite?", pensei. No mesmo instante o pássaro abriu as asas e se lançou ao ar, voando para longe. Fiquei sentado ali durante algum tempo, decidido a aceitar naquela noite o convite da mulher espectral.

Minha velha criada entrou no quarto trazendo uma vela, mas uma corrente de vento apagou-a. No mesmo instante, levantei-me, peguei o casaco, o chapéu e saí em direção à floresta até o velho carvalho.

IV

Quando eu me aproximava do local do encontro, uma nuvem encobriu a lua, deixando o mundo no escuro. Forcei a vista tentando enxergar alguma coisa. De início, não vi nada. Ao olhar para um dos lados, porém, meu coração quase parou. Entre a árvore onde eu estava e a floresta, havia uma figura branca de pé, imóvel, ao lado de uma moita. Senti os cabelos se arrepiarem como se tivesse tomado um choque, mas reuni coragem e caminhei até a floresta.

A lua saiu de trás das nuvens e pude confirmar que era mesmo minha visitante noturna. Era translúcida. Parecia ser feita de bruma. Apenas seus olhos e cabelos eram mais escuros, e em um de seus dedos luzia um anel de ouro. Aproximei-me dela e tentei falar. Minha voz, porém, não saiu, embora eu não sentisse mais medo. Não exatamente.

O olhar dela me envolveu. Não mostrava nem tristeza nem alegria, mas um tipo de atenção inanimada, sem vida. Esperei para ver se iria falar alguma coisa, mas permaneceu quieta, em silêncio, sem tirar os olhos de mim. Uma descarga de terror me dominou.

– Estou aqui! – gritei, depois de um esforço enorme para vencer o medo.

– Eu amo você – ouvi o espectro sussurrar. – Venha comigo.

– Como? – balbuciei, e minha mente começou a funcionar como se libertada do gelo. Uma estranha animação me invadiu. – Mas como eu poderia ir com você? Você é um espírito. Nem corpo tem. Você é vapor? Fumaça? Ar? Responda-me, quem é você? Você já viveu aqui na Terra? De onde você vem?

– Venha comigo, eu não lhe farei mal nenhum. Você só precisa dizer: leve-me.

Não sei exatamente o que me fez responder o que respondi. Talvez a vontade de me livrar logo da situação. Talvez eu tenha sentido confiança por ela dizer que me amava.

– Está bem! Eu irei.

Ao ouvir minhas palavras, a mulher riu, uma espécie de riso interior que fez com que seu rosto tremulasse como uma bandeira ao vento, e abriu os braços, aproximando-se de mim. Instintivamente, tentei fugir. Ela me alcançou antes, agarrou-me e... meu corpo se ergueu do chão. Ambos flutuávamos calmamente sobre a relva úmida, banhada pela cor prata da lua.

V

No começo, senti vertigem e, instintivamente, fechei os olhos. Quando os abri de novo, percebi que estávamos a uma altura incrível. A floresta onde estivéramos era uma mancha escura muito abaixo. "Estou perdido!", pensei.

Não parávamos de subir.

– Aonde você está me levando? – consegui gemer, apesar de o medo ter petrificado todos os meus músculos.

– Para onde você quiser – respondeu a mulher espectral.

Ela estava bem junto a mim, o rosto colado ao meu. Apesar da proximidade, eu não sentia seu toque.

– Leve-me de volta para o chão! Estou ficando tonto com essa altura.

– Muito bem – concordou ela. – Feche os olhos e prenda a respiração.

Fiz o que ela disse e, de repente, senti que caía como uma pedra. O ar uivava nos meus ouvidos, repuxando a pele do meu rosto. Quando me recuperei do susto, estávamos flutuando suavemente um pouco acima do solo, apenas roçando o capim alto dos campos.

– Ponha-me no chão – pedi.

– Você não gostou de voar? – quis saber a mulher fantasma. – Nós não temos outro passatempo.

– Nós? Quem são vocês?

Ela não respondeu.

– Solte-me! – pedi com energia.

Minha misteriosa companheira se afastou um pouco de mim e me vi em pé, no chão. Ela parou ao meu lado e fechou os braços: suas asas etéreas. Olhei para seu rosto. Como antes, expressava uma tristeza submissa, conformada.

– Onde estamos? – perguntei, pois não reconhecia as redondezas.

– Estamos longe de sua casa. Mas, se quiser, posso levá-lo para lá num instante.

Ela notou minha hesitação.

– Não fiz mal algum a você – tranquilizou-me. – Vamos voar até o amanhecer. Posso levá-lo para onde quiser. Só precisa dizer "leve-me".

– Então... Leve-me!

De novo ela abriu os braços, aproximou-se e me abraçou. Senti meus pés deixarem o chão. Estávamos voando.

VI

– Para onde você quer ir?

– Continue indo em frente – respondi.

– Mas em frente há uma floresta.

– Erga-nos um pouco acima da floresta e voe devagar.

Voamos acima da copa das árvores, pintadas com uma estranha cor pela luz pálida do luar. Vista de cima, a mata parecia ser um gigantesco animal que acompanhava nosso voo com um murmúrio constante: o sussurro macio do vento nas folhas. Sobrevoamos uma clareira. Corujas piavam. O ar estava inundado de cheiros de liquens, de cogumelos, de folhas secas, das flores da madrugada. Deixamos a floresta para trás e seguimos uma faixa de bruma. Um rio corria debaixo da neblina. Voamos acima das margens, sentindo a umidade. As águas reluziam como moedas. Os lírios brancos brilhavam com pompa, as pétalas completamente abertas, acariciadas pela noite. Senti vontade de colher uma flor e, num instante, minha companheira me baixou para que eu alcançasse um grande lírio que arranquei com um puxão. Voamos em zigue-zague, de uma margem a outra do rio, os pés quase tocando as águas. O silêncio nos envolvia. A natureza dormia.

Comecei a me acostumar com a sensação de voar. Estava gostando da experiência. Mais seguro, pus-me a observar o estranho ser que me proporcionava aquela aventura.

VII

Era uma mulher de rosto pequeno, de uma aparência que não parecia ser russa. Um rosto branco-acinzentado, meio transparente. Ela me lembrava uma dessas figuras de alabastro que contêm uma vela acesa. Seu rosto me era estranhamente familiar. Usava um anel.

– Posso falar com você? – pedi.

– Fale.

– Vejo um anel no seu dedo. Você viveu nesta terra? Foi casada? Esperei... não houve resposta.

– Qual é o seu nome, ou, como era o seu nome?

– Alice – respondeu.

– Alice! É um nome inglês. Você é inglesa? Conheceu-me em outros tempos?

– Não.

– Então por que me procurou?

– Eu amo você.

– E você está feliz?

– Sim! Nós flutuamos juntos, giramos no ar fresco.

– Alice – murmurei o nome dela. – Você é uma alma condenada, uma pecadora?

Ela aproximou o rosto de mim. Os olhos vagos olhavam através dos meus.

– Não entendo o que diz.

– Eu a esconjuro em nome de Deus... – comecei.

– O que você está dizendo? – perguntou ela perplexa. – Não entendo o que diz.

Senti, ou achei que senti, que um leve tremor havia passado pelos braços que envolviam minha cintura.

– Não tenha medo – tranquilizou-me Alice. – Não tenha medo, meu querido.

Ela virou o rosto, aproximando-o do meu. Tive uma sensação estranha nos lábios, como a suave picada de um ferrão delicado.

VIII

Olhei para baixo. Estávamos de novo voando muito alto. Voávamos sobre alguma cidade do interior que eu não conhecia, na encosta de uma grande montanha. Os torreões das igrejas se erguiam acima da massa escura formada pelos telhados das casas e pelas copas das árvores dos pomares. Uma longa ponte se estendia como uma mancha negra na curva de um rio. Tudo estava mergulhado no silêncio e no sono.

– Que cidade é esta? – quis saber.

Ela não me respondeu. Estávamos muito longe de casa.

– Distância não é problema para nós – disse ela.

– Sério? – entusiasmei-me. – Então me leve para a América do Sul.

– Não posso ir para a América. Agora é dia lá.

– E nós somos aves noturnas – concluí. – Então, leve-me para qualquer lugar que seja bem longe.

– Feche os olhos e prenda a respiração – instruiu Alice e começamos a voar com a velocidade de um ciclone. O vento gritava em meus ouvidos. De repente, paramos. O som, porém, continuava, tão alto como antes. Parecia um rugido que fazia o céu tremer.

– Agora você pode abrir os olhos – disse Alice.

IX

Abri os olhos. O terror me invadiu como se eu estivesse prestes a ser estraçalhado... pela fúria dos elementos.

Acima de mim, enormes nuvens de tempestade, negras como fumaça, flamejavam com raios histéricos. Abaixo, um mar furioso cuspia sua espuma branca contra a escuridão. Ondas se lançavam raivosas sobre um grande penhasco, enegrecido pela noite. A morte estava em todos os lados, cercando-nos com as garras ameaçadoras do penhasco, a força destrutiva das ondas, a eletricidade do céu. Parecia não haver abrigo em nenhum lugar, nem na água, nem no ar, nem na terra. A vertigem fez girar minha cabeça.

– Onde estamos? – berrei.

– Na costa sul da ilha de Wight, em frente ao despenhadeiro de Blackgang, onde tantos navios afundam – respondeu Alice. Sua voz parecia carregada de um prazer sinistro.

– Leve-me para casa! Agora! – gritei, tonto e desesperado.

Senti que nos movíamos ainda mais rápido que antes. Eu não conseguia respirar nem abrir os olhos. O vento já não rugia. Antes, assobiava em meus ouvidos, agitando meus cabelos e minhas roupas.

– Pode ficar em pé – ouvi a voz de Alice. Tentei me recompor. Ainda estava aterrorizado por ter me visto tão ameaçado pela fúria dos elementos. Eram titãs, e eu, mero inseto. Senti o chão sob os pés. Estava um pouco tonto. O sangue pulsava com força na minha cabeça. Um zumbido ecoava em meus ouvidos. Abri os olhos.

X

Estávamos na margem do lago da minha propriedade. Um pouco adiante, as árvores do pomar mudavam de cor, em uma lenta transformação regida pelo pálido brilho que começava a surgir no horizonte. A barra da manhã coloria alguns fiapos de nuvens ao longe, indicando o lugar onde o sol iria surgir. As estrelas piscavam mais intensamente antes de se apagar, e o mundo se calava completamente na sua hora mais silenciosa, quando as criaturas da noite se retiram para suas tocas e ninhos e os seres do dia ainda dormem.

– A manhã já vem – disse Alice, quebrando o silêncio. – Adeus, por enquanto.

Ergueu-se levemente, flutuando, e levantou as mãos. Seu corpo reluziu por um instante com um brilho quente e seus olhos se iluminaram como se a vida os tivesse inundado. Seus lábios se abriram em um sorriso que emanava uma ternura misteriosa. Uma mulher linda se revelou de repente para mim... e desapareceu no ar como se fosse feita de vapor.

Fiquei parado alguns minutos, sem iniciativa, como que hipnotizado pelas memórias e sensações de minha aventura. Ainda sentia seu abraço de vapor ao meu redor. De repente, senti um cansaço enorme. Resolvi ir para casa. Ao meu redor, os pássaros começavam a acordar, saudando a manhã com seus pios, cantos, gritos. Fui direto para o quarto, onde desabei na cama e dormi profundamente.

XI

Na noite seguinte, Alice surgiu quando eu me aproximava do carvalho. Veio em minha direção como uma velha amiga. Ao contrário da noite anterior, eu não estava com medo. Estava quase feliz por encontrá-la. Queria simplesmente voar para longe, visitar lugares interessantes.

Alice me abraçou e, de novo, subimos ao céu.

– Vamos para a Itália – pedi no ouvido dela.

– Para onde você quiser, meu querido – respondeu devagar, de um modo solene, virando o rosto para mim. Notei que estava menos transparente, menos etérea que na noite anterior. Suas feições eram mais femininas e mais delineadas. Lembrou-me da imagem que tinha visto ao amanhecer, quando ela me deixou.

– Esta é uma grande noite – continuou minha guia. – Acontece apenas a cada sete vezes treze... – O vento cortou suas palavras e não entendi o que estava dizendo. – Esta noite podemos ver o que se esconde em outros tempos.

Eu estava fascinado.

– Alice, quem é você? – perguntei mais uma vez.

Em silêncio, ela ergueu a mão pálida, de dedos longos, e apontou para um cometa que passava entre as pequenas estrelas que faiscavam muito longe dali.

– O que você quer dizer, Alice? – protestei. – Como o cometa que gravita entre o sol e os planetas, você vaga entre os homens?

Ela não respondeu. Em vez disso, colocou a mão suavemente sobre meus olhos. Foi como se uma bruma branca cobrisse minha visão.

– Para a Itália – ouvi-a sussurrar. – Esta é uma grande noite!

XII

A neblina que cobria meus olhos se abriu, e eu me vi sobre uma imensa planície. O ar cálido que soprava no meu rosto me dizia que não estávamos na Rússia. A própria planície não era como as planícies russas. Era escura, vasta, deserta. Aqui e ali, brilhavam lagoas. Eram como cacos de um espelho quebrado espalhados pelo chão, refletindo a luz da lua. Ao longe, um mar silencioso reluzia. Eu podia ouvir o som da escuridão e do deserto...

– O Pântano Pontino – explicou Alice. – Você ouve o coaxar dos sapos? Sente o cheiro do enxofre?

– O Pântano Pontino – repeti, tomado pela consciência da grandeza e desolação do lugar. – Mas por que você me trouxe aqui, Alice? É um lugar isolado, de águas estagnadas e pestilentas. Vamos para Roma.

– Roma é perto de onde estamos – respondeu ela. – Prepare-se.

Baixamos de altitude e voamos ao longo de uma antiga estrada romana.

– Estamos perto de Roma... – sussurrou Alice. – Olhe em frente...

Ergui o rosto. Ao longe, destacando-se na escuridão, pude ver os arcos de uma ponte imensa. Firmando a vista, percebi que não era uma ponte, mas um aqueduto. Ao longe, erguiam-se os Montes Albanos.

Sobrevoamos uma ruína antiga. Não se podia dizer o que tinha sido: sepulcro, palácio ou castelo... Cobertas de hera, as ruínas eram o fragmento de uma memória perdida no tempo. Havia uma pilha de pedras, resto de um muro de granito. Um cheiro de rosas subia pelo ar.

– É aqui – disse Alice, apontando com sua mão pálida. – É aqui! Chame três vezes seguidas o nome do poderoso romano.

– O que vai acontecer? – perguntei.

– Você verá.

Hesitei por um momento, mas, movido pela curiosidade, gritei, na antiga língua:

– *Divus Caius Julius Caesar!* – e repeti o chamado mais duas vezes.

XIII

Minha voz ainda ecoava quando ouvi...

Era um som estranho, difícil de distinguir. De início, um ruído baixo, quase imperceptível, lembrava o soar de trombetas acompanhadas de palmas. Parecia que, em algum lugar distante, nas profundidades da terra, uma multidão se agitava inquieta. Suas vozes estavam abafadas pelo sono – o sono de eras.

Então, o ar começou a se mover. Volutas de correntes de um ar escuro giravam sobre a ruína. Sombras começaram a esvoaçar diante de mim. Miríades de formas, curvas de capacetes, as longas retas das lanças, tudo se movia cada vez mais rápido ao meu redor. Uma força descomunal emanava daquele exército de trevas. Uma força capaz de mover o mundo inteiro.

De repente, tudo começou a tremer.

– *Caesar! Caesar venit!* – chamavam milhares de vozes, pedindo que Júlio César viesse. Soavam como o rugido do trovão sobre as montanhas.

Uma cabeça pálida, coroada de louros, foi surgindo aos poucos das ruínas. Era o imperador Júlio César.

Um terror indescritível me petrificou. Senti que, se aquela cabeça dirigisse o olhar para mim, se abrisse a boca, eu seria fulminado no mesmo instante.

– Alice... – gemi. – Não quero Roma! Vamos embora daqui!

– Covarde! – reagiu ela, ao mesmo tempo em que voava para longe.

Atrás de mim, ouvi a voz de aço das legiões. Então, a escuridão nos envolveu.

XIV

– Veja – disse Alice. – Não tenha medo.

Olhei ao redor e a primeira impressão que tive foi tão boa que não contive um suspiro. Estávamos cercados por um vapor acinzentado, quase prateado, brilhando ao luar, meio bruma, meio nuvem. De início, não distingui nada. Estava enfeitiçado pelo brilho azulado que me rodeava. Mas, pouco a pouco, comecei a perceber o contorno de montanhas e florestas. Um lago aos meus pés refletia as estrelas desveladas pelos fiapos de nuvens. Um cheiro de flor de laranjeira enchia o ar, e o vento trazia o canto de uma mulher. Ao longe, em meio a um bosque de ciprestes, um palácio de mármore reluzia, branco, à fraca luz da madrugada. Era de uma das janelas do palácio que vinha a voz.

– Isolla Bela! – informou Alice. – Lago Maggiore.

Murmurei um "Ah!", hipnotizado pelo perfume, pelo canto, pelo lago polvilhado com o reflexo das estrelas. O canto da mulher soava mais alto e mais claro. Senti-me irresistivelmente atraído. Ela dava voz àquela noite. Queria ver o rosto da cantora. Sem que eu tivesse de dizer qualquer coisa, Alice me levou até a janela da sala onde estava a mulher. Ficamos flutuando no ar, do lado de fora.

Sozinha na sala, cercada de móveis e objetos raros, uma jovem cantava uma canção italiana acompanhando-se ao piano. Seus olhos estavam meio fechados e ela sorria, embora tivesse, ao mesmo tempo, uma expressão de gravidade. Era linda.

Estava tão tocado com a beleza que me envolvia naquele lugar e naquela noite que quase bati no vidro da janela para conversar com aquela mulher, esquecendo-me completamente de Alice e da estranha circunstância que havia me levado até lá.

Fui sacudido, de repente, por um choque violento. Virei-me para encarar Alice, e seu rosto, embora transparente, estava ameaçador, crispado. Nos olhos, ardia uma raiva que eu desconhecia.

– Vamos embora! – grunhiu ela, e ouvi apenas uma última nota da canção, que foi diminuindo enquanto nos afastávamos.

Quando paramos, a mesma nota ainda ecoava em meus ouvidos. O ar que eu respirava era, porém, diferente. Uma brisa batia em meu rosto trazendo um cheiro de feno, fumaça e cânhamo. Àquela nota seguiu-se outra e mais outra e, então, reconheci o modo familiar de cantar. Era uma canção russa.

XV

Estávamos em uma planície cortada por um vasto rio. Algumas barcas balançavam suavemente, ancoradas para a noite. Uma dessas barcas estava iluminada por um fogo que ardia em seu interior, lançando uma luz vermelha que dançava sobre as águas. Dela erguia-se uma voz líquida como as ondas.

– Estamos na Rússia? – quis saber.

– É o Volga – explicou Alice.

– Por que você me tirou daquele palácio magnífico? – reclamei. – Foi ciúme?

Os lábios do espectro se contraíram um pouco e em seu olhar aquela luz ameaçadora voltou a brilhar.

– Quero voltar – pedi.

– Espere um pouco mais – retrucou Alice. – Esta é uma grande noite. Não voltará a se repetir tão cedo. Espere um pouco mais.

Recomeçamos a voar ao longo do Volga. As ondas murmuravam abaixo de nós, um vento forte e frio açoitava nosso rosto. Altas montanhas apareceram à nossa frente. Fomos em direção a elas.

– Grite: "Homens, para as barcas!" – sussurrou ela em meus ouvidos.

Lembrei-me do terror que me tomou quando vi os fantasmas romanos. Não sentia vontade de fazer o que me pedia. Sabia que minhas palavras trariam alguma coisa monstruosa. Mas, contra minha vontade, sem que pudesse me controlar, meus lábios se abriram e eu gritei debilmente:

– Homens, para as barcas!

XVI

A princípio, não houve resposta. Então, ouvi a risada rude de um barqueiro. Com um gemido, alguma coisa caiu no rio, e um som de água borbulhante se ergueu. Não vi ninguém, mas o som começou a aumentar até se tornar ensurdecedor. Era uma mistura de berros, lamentos, gargalhadas. Acima de tudo, gargalhadas.

Então, ouvi os sons de uma batalha.

Barulho de remos batendo na água, o retinir de machados, o quebrar de portas e arcas, o arrastar de rodas, o relinchar de cavalos, sinos soando alarme, o tinido de correntes, o crepitar do fogo, canções de bêbados, murmúrios de conversas, rezas desesperadas, vozes de comandantes gritando ordens, o último suspiro de um moribundo, um assobio, ritmos de pés dançando... Em meio a essa cacofonia, ouvi distintamente:

— Matem-nos! Afoguem-nos! Linchem-nos! Não os poupem!

Apesar de ouvir até mesmo os homens arquejando, eu não via nada até onde os olhos podiam alcançar. O rio corria misterioso sob o céu rajado de nuvens e de luar. As margens do rio estavam desertas como todo o resto.

Olhei para Alice, mas ela pôs seu dedo de bruma em frente aos lábios, indicando que eu deveria ficar em silêncio.

— Stepan Timofeyevich Razin vem vindo! Stepan Timofeyevich Razin está chegando! — gritavam vozes invisíveis. — Nosso pai, nosso guia, aquele que nos dá o pão!

No ar, ecoavam os gritos das batalhas travadas havia mais de trezentos anos, quando os cossacos de Stepan Razin se rebelaram contra o czar e desceram o Volga em trinta e cinco barcos, tomando todas as fortalezas do rio e saqueando a região. Continuava sem ver nada, mas me pareceu que um corpo gigantesco vinha em nossa direção.

— Frolka! Onde você está, cão desgraçado? — trovejou uma voz horripilante. — Incinere tudo de uma vez! Acabe com esses patifes!

Senti o jato de chama perto de mim e o gosto amargo da fumaça. No mesmo instante, um líquido quente como sangue cobriu meu rosto e minhas mãos... Um riso selvagem ecoou em todas as direções.

Perdi a consciência e, quando voltei a mim, eu e Alice planávamos sobre a copa das árvores familiares do bosque próximo de minha casa, perto do velho carvalho.

— Leve-me para casa — pedi, exausto.

— Você está em casa — respondeu o espectro de mulher.

De fato, eu estava à porta de casa. Sozinho. Alice tinha desaparecido. Meu cachorro se aproximou, desconfiado, deu um latido e fugiu. Com dificuldade, entrei e fui direto ao meu quarto. Caí na cama ainda vestido e dormi um sono pesado.

XVII

Acordei na manhã seguinte com a cabeça doendo. Minhas pernas estavam fracas, quase não conseguia movê-las. Além do desconforto, sentia um mal-estar moral. Opressão e arrependimento me invadiam, abalando meu ânimo. "Covarde!", pensei. "Alice tinha razão. Do que eu tinha medo? Como pude perder aquela oportunidade? Podia ter visto o próprio César e fiquei petrificado de pavor. Fugi como uma criança. Mesmo Razin. Como nobre e senhor de terras, eu tinha mesmo o que temer do líder cossaco que se rebelou contra a nobreza. Mesmo assim, o que eu tinha a perder? Aquilo acontecera há trezentos anos. Covarde!"

Continuei a ruminar as experiências da noite quando me ocorreu uma ideia. "Será que não foi tudo um sonho?" – a pergunta iluminou minha mente como um relâmpago. Chamei minha criada.

– Marfa, você lembra a que horas fui me deitar?

– Muito tarde, senhor – respondeu ela. – O senhor saiu tarde e só voltou quando estava quase amanhecendo. E é a terceira noite que o senhor faz isso. Alguma coisa está perturbando o senhor. É fácil ver.

A resposta confirmava minha aventura noturna.

– E como está minha aparência hoje? – perguntei.

– O senhor parece mais magro... E também está pálido. Parece que não há uma gota de sangue em seu rosto.

Senti um mal-estar me invadir. Pedi que Marfa se retirasse.

"Se continuar assim, vou morrer, ou, então, enlouquecer", pensei. Sentei-me em uma poltrona ao lado da janela. O dia estava claro. Excepcionalmente claro. "Devo parar com esses encontros noturnos. É perigoso. Quando voo, parece que alguma coisa está sendo tirada do meu coração – como quando os camponeses sangram a bétula para extrair a seiva. E agora ele está batendo de um jeito estranho... E Alice... Ela está brincando de gato e rato comigo. Mas parece que não quer me fazer nenhum mal... Vou ao seu encontro só mais uma vez e, então... E se estiver bebendo meu sangue? E a velocidade dos voos? Certamente, isso faz mal..."

Apesar de pensar assim, às dez horas da noite eu já estava ao lado do velho carvalho.

XVIII

A noite estava fria, escura. Parecia que ia chover. E Alice não estava lá. Impaciente, andei diversas vezes ao redor do carvalho, observando a escuridão. Esperei mais um pouco. Depois a chamei algumas vezes. A cada vez, repeti seu nome um pouco mais alto.

Mas ela não apareceu.

Senti um vazio dentro de mim que se transformou em tristeza. Não aceitava a possibilidade de Alice não vir.

– Alice! Venha Alice! – gritei uma última vez. – Será que você não poderá vir?

Um corvo acordou com meu grito e voou de uma árvore a outra enchendo a noite com seu crocitar. Depois o silêncio caiu, pesado, desolador.

Alice não apareceu.

Frustrado, comecei a caminhar de volta para casa. Já distinguia os salgueiros ao redor do lago. Ao fundo, pude ver a luz do lampião que ardia em meu quarto, piscando entre os ramos das macieiras do pomar por onde eu passava. Então, ouvi um fraco assobio, como se asas cortassem o ar, e fui envolvido num abraço e erguido no ar, como um coelho sendo levado por uma águia. Era Alice.

Senti seu rosto junto ao meu, seus braços envolvendo meu corpo. Seu sussurro, gelado como um vento polar, feriu meus ouvidos.

– Aqui estou.

Eu estava contente e, ao mesmo tempo, amedrontado. Voávamos a uma grande altitude.

– Você não vinha esta noite? – perguntei.

– Você sentiu minha ausência? Você me ama? Ah, você é meu... – foi a desconcertante resposta do espectro. Sem saber o que falar, eu não disse nada.

– Eu estava sendo vigiada. Não me deixaram sair – justificou.

– Quem não deixou você sair? – quis saber, ansioso para descobrir mais sobre minha companheira.

– Aonde quer ir? – desconversou ela.

– Leve-me para a Itália. Para aquele lago, lembra?

Alice balançou a cabeça, recusando. Olhei-a mais demoradamente e notei que, pela primeira vez, não estava mais transparente. Seu rosto tinha cor, como se um brilho vermelho colorisse sua alvura de bruma. Olhei dentro de seus olhos e senti uma onda de terror. Eles ardiam, com o movimento contínuo e maligno das serpentes.

– Alice, quem é você? – gritei. – Diga-me, quem é você!

Alice simplesmente deu de ombros.

Fiquei com raiva. Senti vontade de me vingar, e me ocorreu pedir que me levasse a Paris. "Lá", pensei, "ela certamente vai ficar com ciúmes".

– Alice, você tem medo de cidades grandes? De Paris, por exemplo?
– Não.
– Nem mesmo dos lugares iluminados, como os bulevares?
– Não é a luz do dia.
– Então, leve-me para o bulevar des Italiens.

Alice envolveu meu rosto na manga folgada de seu vestido de névoa. Eu me vi cercado por um vapor branco que cheirava a papoula. Tudo desapareceu. Toda a luz, todo o som... e quase que minha consciência também. De repente, a bruma sumiu. Alice retirou a manga do meu rosto e vi, aos nossos pés, uma massa de edifícios alinhados, brilho de luzes, o pesado tráfego de carruagens... Era Paris.

XIX

Eu já tinha visitado Paris e reconheci imediatamente os lugares por onde passávamos, como o Palácio das Tulherias, com seu jardim, e a igreja de Saint-Roch. Então, paramos, flutuando no ar acima do bulevar dos Italiens. O local estava iluminado, repleto de gente de todas as classes e origens, homens de fraque e cartola, mulheres com vestidos escandalosos. Os restaurantes e cafés pareciam em chamas com tanta luz. Bondes e carruagens cruzavam o bulevar para cima e para baixo. Tudo se agitava, onde quer que eu olhasse.

Não senti, porém, vontade de me aproximar daquele formigueiro humano. O bulevar parecia quente, pesado. Era como se um vapor avermelhado se erguesse daquela massa humana, tão perfumado quanto malcheiroso. Essa sensação me perturbou. Não queria mais ficar ali. Alice descia, aproximando-nos cada vez mais do chão. Um sentimento de repulsa se apoderou de mim.

– Pare, Alice! – gritei. – Você também não sente essa opressão?
– Foi você quem pediu para vir aqui...

Todas as paixões humanas e as atitudes patéticas, agressivas, imorais que as pessoas assumem para realizá-las pareciam se materializar naquele vapor vermelho que me oprimia. Queria sair daquele falso luxo, daquelas armadilhas para os sentidos, da falsidade, de pessoas interesseiras, da mentira que homens e mulheres inventam para explorar uns aos outros. Queria sair dali.

– Alice, a culpa é minha por estarmos aqui, mas me leve embora. Tire-me desse antro, desses apartamentos luxuosos, do Jockey Club, dos copos de absinto, dos preguiçosos jogando dominó nos cafés, das óperas e comédias parisienses. Vamos embora!

– Olhe para baixo – foi a resposta de Alice. – Não estamos mais em Paris.

Fiz conforme ela disse e vi que era verdade. Abaixo de nós se estendia uma planície escura, riscada pelas linhas brancas que eram as estradas vistas do alto. Atrás de nós, no horizonte, brilhava o imenso reflexo da Cidade Luz.

XX

Uma vez mais, um véu cobriu meus olhos e tudo foi envolvido em silêncio e névoa. Quando Alice retirou o véu do meu rosto, sobrevoávamos um parque recortado por alamedas, com pórticos, templos, estátuas barrocas de sátiros e faunos. No meio de um lago, tritões de mármore jorravam água. A lua brilhava fraco, envolta em lençóis de nuvens. Uma névoa tênue se estendia sobre a terra.

– Estamos perto de Mannheim – disse Alice. – Este é o jardim do castelo de Schwetzingen.

– Estamos na Alemanha! – concluí.

Rompendo o silêncio, eu ouvia apenas o som da água da fonte caindo sobre o lago como um lamento. Senti que, no meio de uma alameda, um casal passeava de braços dados. Vestiam roupas antigas, longas perucas e roupas enfeitadas com rendas e babados. Mas quando me virei para ver melhor o casal, não havia nada.

– São sonhos que vagam pela noite – explicou Alice. – Antes, havia tantos para se ver. Hoje, até os sonhos fogem da vista dos homens. Venha, venha!

Ganhamos altitude e voamos para mais longe ainda. Parecia que não éramos nós que nos movíamos, mas que eram as coisas que vinham em nossa direção. Montanhas surgiam, escuras, vestidas de florestas. E passavam. Córregos e rios refletiam a pouca luz da noite como espelhos aos nossos pés. Estávamos no coração da Floresta Negra.

Aos nossos pés, montanhas e florestas primevas. O céu noturno estava claro, iluminando as árvores abaixo. Pude ver cabras selvagens e um pequeno lago, quase negro na escuridão, de onde se ouviam sapos coaxando um lamento misterioso. Uma névoa delicada, a mesma que me impressionou em Schwetzingen, envolvia as montanhas e a floresta. Senti-me leve, tocado por uma calma melancólica.

– Alice, você deve amar este lugar – comentei.

– Eu não amo nada.

– Não? Nem eu?

– Sim... você! – respondeu ela, de um modo indiferente. Senti-a apertar minha cintura com mais força.

– Vamos voar – disse ela.

– Vamos voar! – repeti.

XXI

De repente, ouvi um grito agudo, alto, acima de nossas cabeças. Imediatamente, um grito semelhante se repetiu um pouco mais além.

– São grous voando para o norte – explicou Alice. – Quer voar com eles?

– Sim!

Subimos ainda mais e, num instante, estávamos ao lado do bando de pássaros. Os grous voavam em uma formação triangular. Havia treze deles, com os corpos projetados no ar como flechas – bicos e pernas rigidamente esticados. Era maravilhoso ver, a uma altura tão remota, tão longe da terra, a vida pulsando, abrindo seu caminho através do espaço. Os grous gritavam, chamando uns aos outros, do primeiro ao último. Havia certo orgulho, uma dignidade nesses gritos, nessa conversa nas nuvens. "Vamos chegar, por mais difícil que seja!", pareciam dizer.

– Estamos voando para a Rússia – falou Alice. Parecia ler meu pensamento. – Quer voltar?

– Sim... Espere. Não! Leve-me a São Petersburgo.

Ela levantou a mão, mas, antes que a bruma da sua roupa me envolvesse, senti em meus lábios aquela leve ferroada.

XXII

– O-u-ça! – soou em meus ouvidos um grito longo, contínuo. – O-u-ça! – ecoou, como uma nota de desespero à distância. – O-u-ça! – a palavra foi sumindo ao longe. Voltei a mim. Uma torre dourada brilhava diante de meus olhos. Reconheci a fortaleza de São Pedro e São Paulo.

A noite estava clara, parecia a luz do amanhecer. As noites de Petersburgo nunca me foram agradáveis, mas aquela parecia ainda pior. O medo se instalava em mim. O rosto de Alice tinha desaparecido completamente, sumido como a neblina da manhã sob o sol de verão. Pude ver o corpo dela por inteiro, flutuando no mesmo nível da coluna de Alexandre.

Estávamos em Petersburgo e tudo estava claro. Era a época da Noite Branca, quando o sol se põe apenas abaixo da linha do horizonte, em um crepúsculo que continua pela madrugada afora. Tudo estava claro, visível sob a pálida luz – cruelmente visível. A cidade estava caída em um sono fúnebre, envolto pelo sol que nunca se punha, como se o tempo tivesse parado. A luz tênue pintava de azul-chumbo as águas do rio Neva.

– Vamos voar para longe daqui! – implorou Alice. Sem esperar minha resposta, ela nos levou até a outra margem do Neva. Podíamos ouvir as vozes vindas de um grupo de jovens abaixo de nós. Falavam sobre aulas de dança... Mais adiante, sentada ao lado da janela do segundo andar de uma grande casa, uma moça lia e fumava.

– Vamos para longe! – repeti, autômato.

Num instante, São Petersburgo virou um borrão iluminado à distância. Voávamos em direção ao sul. O céu e a terra foram se tornando mais escuros. A Noite Branca se apagava. O crepúsculo finalmente terminava.

XXIII

Voávamos mais lentamente que de costume, e pude distinguir a grande extensão de terra que se desdobrava sob nós. Florestas, bosques, campos, rios, ravinas. Aqui e ali pontilhavam aldeias e igrejas, às quais se seguiam mais florestas, bosques, campos, rios, ravinas. Uma tristeza profunda me invadiu. O mundo abaixo de mim, com suas populações fracas, esmagadas por necessidades, dores e doenças. Os insetos humanos, mil vezes mais insignificantes que insetos; suas casas cobertas de sujeira, traços patéticos de sua monótona ignorância, de sua cômica luta contra o inevitável. Essa percepção me encheu de melancolia. Senti-me mal e não consegui continuar olhando aquelas imagens vulgares, minúsculos retratos da humanidade abaixo de mim. O sentimento se transformou em ódio. E, mais forte que tudo, senti ódio de mim mesmo.

– Pare! – sussurrou Alice. – Pare ou não conseguirei levá-lo. Você está ficando muito pesado.

– Para casa! – respondi no mesmo tom que dirijo ao meu cocheiro quando saio às quatro da madrugada da casa de amigos em Moscou, depois de cear e passar a noite discutindo política. – Para casa! – tornei a falar. E fechei os olhos.

XXIV

Logo, porém, voltei a abri-los. Alice me apertava com mais força, colando-se ainda mais contra mim. Virei o rosto para vê-la, e a visão fez meu sangue congelar. A face do espectro espelhava um terror imenso. Sua feição estava contraída, tensa, quase desfigurada. Eu nunca tinha visto nada assim. Um fantasma de bruma, sem vida, uma sombra tomada por um terror mortal...

– O que foi, Alice?! – perguntei, sobressaltado.

– Ela... ela... – balbuciou o espectro.

– Mas quem é ela? – desesperei-me perante o desespero dela.

– Não diga seu nome – gaguejou em resposta. – Devemos fugir, ou tudo se acabará para sempre... Veja, lá!

Voltei o rosto na direção para a qual ela apontava a mão trêmula e discerni algo. Era horrível.

A coisa não tinha uma forma definida. Era uma figura grande, volumosa, de um negro amarelado, pintado como a barriga de um lagarto. Não era uma nuvem de tempestade. Tampouco, fumaça. Aquele ser enorme rastejava pela terra abaixo de nós com os movimentos de uma cobra, em ondulações que lembravam o bater das asas de um abutre. Às vezes, revolvia-se no chão como uma aranha que acabava de capturar sua presa. Um cheiro pútrido, pestilento, subiu daquela massa ameaçadora. Senti-me enjoado, enojado, aterrorizado. Minha visão ficou turva. Era um enorme poder que se arrastava debaixo de nós. Um poder ao qual não se pode resistir.

– Alice! Alice! – gritei, sem conseguir conter o pavor que me dominava. – É a Morte! Essa coisa é a própria Morte!

Um gemido excruciante saiu dos lábios de Alice, um grito quase humano. Voamos, tentando fugir, mas ela não conseguia se equilibrar. Virou no ar e caiu quase até o chão. Voava de um lado para outro como um pássaro ferido. Da massa escura abaixo de nós, projetavam-se sombras. Sombras que pareciam tentáculos tentando nos agarrar. Então, uma forma indefinida, enorme, montada em um cavalo branco, ergueu-se da massa negra e voou em nossa direção. Alice apavorou-se ainda mais.

– Ela nos viu! Está tudo acabado! Estou perdida! – gemia, num sussurro tão triste quanto conformado. – Sou uma desgraçada! Consegui um pouco de vida... e agora... o nada... o vazio.

Diante do insuportável, perdi a consciência.

XXV

Quando voltei a mim, estava deitado de costas sobre a relva. Meu corpo todo doía. Sentei-me e olhei ao redor. Começava a amanhecer. A estrada ao longo do bosque de bétulas me era familiar. Estava perto de casa. Então, veio à minha mente o que tinha acontecido, a horrível aparição. "O que Alice temia?", pensei. "Ela não é imortal? Será que também está sujeita à destruição?"

Um gemido fraco soou atrás de mim. Virei a cabeça e vi, a dois passos de mim, uma jovem estendida no chão, imóvel. Vestia um camisolão branco que deixava os ombros nus. As longas tranças estavam desarrumadas, meio desfeitas. Seus olhos estavam fechados, e na boca cerrada havia uma pequena mancha vermelha. Seria Alice? Mas ela era um fantasma, e eu estava vendo uma mulher viva... Arrastei-me até lá: as dores no corpo me impediam de levantar.

– Alice, é você? – perguntei. Devagar, suas pálpebras se abriram, e ela fixou seus olhos negros nos meus. Inclinei-me sobre ela, que passou os braços ao redor do meu pescoço. Senti seu coração batendo contra o meu. Ela me beijou na boca. Seus lábios eram quentes, úmidos. Seu hálito cheirava a sangue.

– Adeus... – murmurou. – Adeus para sempre... – repetiu, com a voz fraca. Pareceu morrer ela, que já tinha morrido antes. Então, seu corpo desapareceu como se nunca tivesse existido.

Com dificuldade, consegui me levantar. Trôpego como um bêbado, caminhei até a estrada. Estava a uns três quilômetros de casa. Quando entrei em meu quarto, o sol tinha acabado de se erguer.

Nas noites seguintes, esperei pela aparição do fantasma. Mas ele não veio. Um dia, saí ao pôr do sol e fui até o velho carvalho, mas nada fora do comum aconteceu. Pensei muito sobre o que se passara comigo. Era inexplicável, incompreensível. Não sabia dizer o que era Alice. Uma aparição, uma alma penada, um espírito maligno, uma sílfide, um vampiro? Nunca soube responder a essas perguntas. Muitas vezes, quando pensava nela, era dominado por uma sensação de que era uma mulher que eu havia conhecido em algum outro lugar, em outra época. Fiz tremendos esforços para recordar onde a tinha visto. Às vezes, parecia que ia me lembrar, mas, num instante, a memória fugia, como se eu acordasse de um sonho antes de seu desfecho. Temendo ser considerado louco, resolvi não me aconselhar com outras pessoas.

Com o tempo, esses pensamentos me abandonaram. Minha vida material me ocupava, tomando o lugar das reflexões sobre o espectro. Minha saúde se deteriorou, o que também não me deixava pensar em Alice. Meu peito doía. Eu tossia muito e tinha insônia. Emagreci, e meu rosto adquiriu um tom amarelo esverdeado como o de um cadáver. O médico diagnosticou anemia e prescreveu repouso em uma estância na Áustria, mas os negócios em minhas terras me impedem de ir. O que se há de fazer?

Algo, porém, persiste. O que serão essas notas agudas, semelhantes ao som de uma harpa, que ouço quando recebo notícia da morte de alguém? A cada nova vez que ouço, o som fica mais alto, mais penetrante.

E por que tremo de angústia quando um simples pensamento sobre a morte passa pela minha cabeça?

7. O funil de couro
Arthur Conan Doyle

Arthur Conan Doyle (1859-1930) é sempre lembrado por ter criado o detetive mais famoso da literatura, o excêntrico Sherlock Holmes. Mas Doyle também ficou conhecido por seu interesse pelo oculto e pelo mistério, tanto que produziu vários textos sobre o tema. Além de diversos contos de horror, publicados em diferentes coletâneas e livros, como *Contos de terror e mistério*, Doyle também realizava pesquisas no campo do ocultismo e escreveu diversos estudos a esse respeito – inclusive *Uma história do espiritismo*, livro no qual investiga a origem dessa vertente religiosa em vários países da Europa. Ele buscava avidamente provar que a alma continuava a existir depois da morte do corpo. Entre suas muitas atividades, Doyle era membro do The Ghost Club, a organização de investigação paranormal mais antiga que existe.

Um dos interesses de Doyle era uma ideia que veio a ficar conhecida como "Teoria do Registro na Pedra". Alguns estudiosos dos fenômenos sobrenaturais propuseram que certos materiais, como pedras e metais, ao serem expostos a fortes emoções humanas, registrariam essas sensações, retendo-as e transmitindo-as a outras pessoas. Dessa forma, alguém sensível, ao ficar num quarto, por exemplo, que foi cenário de um evento violento que marcou seus protagonistas, como um assassinato ou suicídio, poderá sentir as mesmas emoções e até mesmo rever a cena. Por esse motivo, em alguns lugares antigos seria possível ver espectros de seus velhos habitantes.

Outro interesse do criador de Sherlock Holmes era o significado dos sonhos. De fato, esse é um tema que intriga a humanidade desde o princípio e que até hoje não foi adequadamente explicado. Os povos antigos acreditavam que os sonhos contêm mensagens e que podem ser um meio de os mortos se comunicarem com os vivos. Muitos dizem ver, em seus sonhos, o futuro ou mesmo um passado longínquo, anterior à nossa época. Mas ninguém sabe, com certeza, por que sonhamos e qual a mensagem contida nos sonhos (se é que há alguma). Eram hipóteses que agradavam a Doyle. De fato, alguns de seus personagens acessavam informações perdidas por meio de sonhos.

Doyle explorou essas ideias em dois de seus contos mais célebres: "O espelho de prata" e "O funil de couro". Além da Teoria do Registro na Pedra e das revelações por meio de sonhos, o autor adicionou outro elemento instigante para compor o horror da trama: fatos históricos – afinal, nenhum conto de terror é mais tétrico que a história da humanidade. "O funil de couro", publicado pela primeira vez em 1903, leva o leitor a uma viagem no tempo, fazendo-o presenciar a tortura à qual a primeira assassina em série da história, a marquesa de Brinvilliers, foi condenada.

O caso da marquesa ficou famoso por conta dos detalhes cruéis e da frieza da assassina. Vários autores criaram ficções sobre essa personagem real. Alexandre Dumas (pai) escreveu um ensaio sobre ela no seu livro *Crimes célebres*. Marie Madeleine Marguerite d'Aubrey, marquesa de Brinvilliers (1630-1676), envenenou, com a ajuda do amante, Jean-Baptiste de Godin de St. Croix, o próprio pai, dois irmãos e uma irmã, para ficar com a herança. A marquesa foi descrita como pequena, graciosa e bonita, mas a aparência frágil escondia uma vilania calculista e destrutiva. Chegou até mesmo a envenenar a própria filha, simplesmente porque a considerava "estúpida". Mas se arrependeu a tempo e fez a menina beber grande quantidade de leite, conseguindo salvá-la.

Quando o amante morreu, foram encontrados, em seus pertences, documentos que incriminavam Marie Madeleine. A marquesa foi presa e executada em 1676. Em sua sentença foi incluída a "Questão Extrema", isto é, o emprego da tortura da água para que ela denunciasse algum possível cúmplice. Durante a tortura, foram forçados oito litros de água através de sua garganta. Em seguida, foi conduzida em uma carroça aberta até uma praça e decapitada. O crime e a sentença ficaram por muito tempo na imaginação do povo francês.

Em seu conto, Doyle visita o caso com seu estilo peculiar, digno das histórias de Sherlock Holmes. De um modo bem característico, usa, para analisar as marcas encontradas em um funil de couro, o mesmo tipo de argumentos e deduções lógicas que o famoso detetive usaria em uma conversa com seu inseparável amigo, o doutor Watson. Na verdade, se esquecermos os personagens apresentados na história – Lionel Dacre e o narrador – e forçarmos a imaginação, "O funil de couro" poderia muito bem ser uma aventura de Sherlock Holmes: misteriosa, instigante, inteligente.

O FUNIL DE COURO
Arthur Conan Doyle

Meu amigo Lionel Dacre vivia em uma casa espaçosa na avenida Wagran, perto do Arco do Triunfo, em Paris. Ali, mantinha uma biblioteca de ocultismo e uma coleção de curiosidades fantásticas – um *hobby* para ele e uma diversão para os amigos. Homem de fortuna e bom gosto, Dacre havia investido grande parte do seu tempo e riqueza juntando o que afirmava ser uma coleção única de obras talmúdicas, cabalísticas e de magia, muitas das quais eram raras e de grande valor. Tudo o que era maravilhoso e monstruoso o atraía. Dizia-se até mesmo que, em suas experiências com o desconhecido, ele havia passado dos limites do que é civilizado e do bom senso. Embora Dacre nunca tivesse comentado nada a esse respeito comigo, um francês amigo dele me disse que seu salão tinha sido palco dos piores excessos de magia negra.

Dacre dava, porém, a impressão de que seu interesse pelos assuntos sobrenaturais era mais intelectual do que espiritual. Tinha mais conhecimento que sabedoria, mais inteligência que sensibilidade. Era de um caráter complexo e de temperamento prático.

No verão de 1882, fui visitá-lo em sua casa, em Paris, onde presenciei um incidente, no mínimo, muito estranho.

Eu havia conhecido Dacre na Inglaterra, no tempo em que frequentei a Sala Assíria do Museu Britânico, por conta de minhas pesquisas. Na mesma época, ele buscava o significado místico e esotérico das tábuas babilônicas, e frequentemente nos encontrávamos no museu. Nosso interesse comum acabou nos unindo. Nossas conversas diárias nos levaram a desenvolver algo próximo da amizade. Quando concluiu suas pesquisas em Londres, prometi que iria visitá-lo em minha próxima viagem a Paris.

Com efeito, fui visitá-lo na ocasião seguinte em que estive em Paris. Eu estava hospedado em uma chácara em Fontainebleau e, por ser distante da casa dele e porque é um transtorno pegar o trem noturno, meu amigo insistiu para que eu passasse a noite em sua casa.

– Só tenho este sofá – disse Dacre, apontando para um grande sofá no meio da ampla biblioteca. – Espero que fique confortável aqui.

Era um lugar singular para se passar a noite – o pé direito muito alto, as paredes revestidas com prateleiras abarrotadas de livros. Na verdade, não poderia haver melhor decoração para um rato de biblioteca como eu, tampouco perfume mais agradável que o cheiro sutil e característico das páginas amareladas e das encadernações de couro. Não poderia querer outro quarto.

– Se a decoração não é convencional – justificou ele –, ao menos é valiosa. Gastei muito dinheiro nesses objetos que nos cercam. Livros, armas, pedras, esculturas, tapeçarias, imagens, todas as coisas daqui têm uma história. Uma história que, quase sempre, vale a pena ser contada.

À frente da poltrona onde ele estava sentado, havia uma mesa de centro cheia de objetos. Um deles era um grande funil, desses que se usa para encher garrafas de vinho. Parecia ser feito de madeira negra, com as bordas revestidas de um latão que tivera o brilho roubado pelo tempo.

– Este aqui é curioso – observei, apontando para o funil. – Qual é a história dele?

– Ah! – fez ele, demonstrando interesse. – Tenho feito essa pergunta a mim mesmo muitas vezes. Daria muito para saber. Pegue-o. Examine-o.

Fiz o que ele recomendou e percebi que o material que eu tomara por madeira era, na verdade, couro que o tempo ressecara e tornara duro.

– O que você acha que é? – perguntou Dacre.

– Acho que deve ter pertencido a algum comerciante de vinhos que viveu há uns duzentos anos – opinei. – Já vi desses funis na Inglaterra, feitos no século XVII, do mesmo material e tão duros quanto este.

– Acho que este aqui também é dessa época – opinou Dacre. – E certamente foi usado para encher um recipiente com líquido. Mas se minhas suspeitas estiverem corretas, foi um estranho comerciante de vinhos que o usou e para encher um recipiente ainda mais incomum. Você não nota nada estranho na extremidade mais estreita deste funil?

Peguei o objeto e o aproximei da luz. De fato, havia mesmo uma marca no latão que revestia a borda do funil, uma marca que parecia ter sido feita com uma faca cega.

– Alguém tentou cortar o gargalo – mencionei.

– Você chama isso de corte?

– Está lacerado. Deve ter sido empregada muita força para gravar as marcas neste material, seja qual for o instrumento que usaram. Mas o que você tem a dizer sobre este funil? Tenho certeza de que sabe mais do que está dizendo.

Dacre sorriu e seus olhos brilharam, indicando que sabia mais a respeito do estranho objeto.

– Já leu alguma coisa sobre a psicologia dos sonhos? – perguntou, ainda com aquele sorriso divertido no rosto, um sorriso que expressava o prazer de saber de algo raro, incomum.

– Psicologia dos sonhos? – estranhei. – O que mais vão inventar?

– Meu caro – disse ele num tom de censura, apontando para uma das muitas prateleiras que cobriam a sala –, aquela estante está cheia de volumes sobre o tema. É ciência.

– Pois para mim soa mais como charlatanice.

– Vale lembrar que os charlatães são sempre os pioneiros. Do astrólogo veio o astrônomo; do alquimista, o químico; do hipnotizador, o psicólogo. O charlatão de ontem é o professor de amanhã. Tudo, até mesmo fenômenos sutis e fugidios como os sonhos, será reduzido, daqui a algum tempo, a um sistema com leis próprias. Quando esse tempo chegar, as obras dos nossos amigos naquela prateleira não serão mais consideradas especulações místicas, mas os fundamentos de uma ciência.

– Mesmo que você tenha razão – observei –, o que a psicologia dos sonhos tem a ver com este funil de couro?

– Eu explico – respondeu, avisando que a explanação seria um tanto longa. – Como sabe, tenho um agente encarregado de encontrar peças raras e curiosas para minha coleção. Há alguns dias, ele soube que um negociante havia adquirido diversas quinquilharias que estavam em um armário de cozinha de uma velha casa do Quartier Latin. O armário e outros objetos estavam marcados com o escudo de Nicholas de La Reynie, um alto oficial do rei Luís XIV. Na verdade, de La Reynie era encarregado das execuções e interrogatórios dos prisioneiros, o que na época, como sabe, incluía a tortura.

Fez uma pausa, olhando com ar divertido minha expressão de interesse, e prosseguiu.

– Examine o aro de latão, do lado mais largo. Consegue distinguir alguma marca?

De fato, havia marcas no aro de latão. Pareciam, na verdade, ser várias letras. A última assemelhava-se a um B.

– Consegue ver um B? – quis saber Dacre.

– Sim.

– Eu também. Aliás, tenho certeza de que é um B.

– Mas o nobre de quem você falou se chamava de La Reynie – observei.

– Exatamente! Ele possuía esse objeto curioso, mas nele conservou, ou até mesmo mandou gravar, as iniciais de outra pessoa.

– Você imagina o porquê? – perguntei, sem conseguir relacionar as informações que Dacre apresentava.

– Bem, há outra marca no funil que talvez possa lançar uma luz nesse mistério. Veja aqui, um pouco abaixo do aro de latão – disse, apontando para uma pequena coroa gravada próximo da letra B. – Se você reparar bem, não é uma coroa comum, mas um escudo heráldico, um emblema de marquês.

– Então, o dono deste funil de couro era um marquês cujo nome começava com B – concluí.

O sorriso de Dacre ficou ainda mais largo.

– Ou alguém da família de um marquês – observou. – Bem, isso tudo eu deduzi ao analisar as marcas no funil.

– E os sonhos? – voltei a perguntar.

O sorriso se apagou do rosto de Dacre. Ele ficou sério, como se fosse fazer uma importante confissão.

– Já recebi informações significativas por meio de sonhos. Por isso, quando tenho alguma dúvida sobre algum objeto, eu o coloco ao meu lado enquanto durmo para ver se descubro alguma coisa. Isso me parece um método seguro, embora a ciência não o reconheça. Tenho uma teoria: qualquer objeto exposto a uma forte emoção humana, seja de dor ou de prazer, retém o registro dessa emoção, que pode ser comunicada a uma mente sensível, isto é, a uma mente educada, como a que temos, eu e você.

– Você quer dizer, então, que, se eu dormir ao lado daquela espada ali na parede, vou sonhar com algum episódio sangrento no qual ela tomou parte? – perguntei, indicando claramente, pelo meu tom de voz, que duvidava do que ele dizia.

– Ótimo exemplo! – entusiasmou-se Dacre. – Fiz exatamente isso com essa espada e descobri que o dono dela foi morto em uma escaramuça, embora não tenha sido capaz de identificar em que guerra isso aconteceu. Na verdade, meu caro, nossos ancestrais usavam esse método, apesar de hoje nós taxarmos isso de simpatias e superstições.

– Por exemplo?

– Quando se coloca um pedaço do bolo de casamento debaixo do travesseiro para que a pessoa tenha um sonho bom. Esse é apenas um exemplo entre muitos. Também dormi com o funil ao meu lado e tive um sonho curioso, que não deixou de lançar luz sobre sua origem.

– Com o que você sonhou? – perguntei.

– Sonhei que... – começou ele, mas parou e me olhou, com uma ideia iluminando seu rosto comprido. – Espere. Isso seria uma experiência interessante. Poderíamos testar minha hipótese com você.

– Eu? – estranhei. – Nunca me vi como objeto de uma experiência.

– Bem, podemos fazer isso esta noite. Peço a você o grande favor de, quando for dormir, colocar este velho funil ao lado do seu travesseiro.

Achei o pedido um tanto bizarro, mas admito que tenho atração por tudo o que é grotesco e fantástico e, por isso, concordei, mesmo sem acreditar na teoria de Dacre, tampouco crer que aquele objeto me traria qualquer sonho ou despertaria qualquer memória. Afetando gravidade, meu anfitrião arrastou uma mesinha até o canto do sofá onde eu deveria deitar a cabeça e colocou o funil sobre ela. Conversamos ainda um pouco mais antes de ele me desejar boa noite e se retirar.

Fiquei um tempo fumando meu cachimbo em frente à lareira, pensando sobre a curiosa conversa que tivera com Dacre e sobre a estranha experiência na qual iria tomar parte. Apesar de minha natureza cética, a segurança com que meu amigo expressou suas convicções e a extraordinária decoração do quarto, repleto de objetos sinistros, me impressionaram, deixando-me um pouco nervoso. E foi nesse estado de ânimo que me despi e me deitei.

Depois de muito me revirar no sofá, finalmente dormi e logo comecei a sonhar. Eu estava em um lugar úmido e escuro, como uma catacumba ou masmorra. Era uma arquitetura rústica, mas muito forte. Parecia ser parte de um grande prédio, talvez uma fortaleza. Havia três homens de negro, vestindo roupas de antigamente, sentados em fila. Suas expressões eram tristes e solenes. Em outro canto da sala, dois homens seguravam pastas repletas de papéis. À minha frente, havia uma mulher loira, de olhos azuis brilhantes, olhando diretamente para mim. Aparentava ter quarenta e poucos anos, era um tanto corpulenta e tinha uma confiança desafiadora brilhando nos olhos, iluminando o rosto pálido, mas sereno. De fato, era um rosto curioso, meio felino, que transmitia certa crueldade. Vestia um camisolão branco. Ao lado dela, um padre magro e ansioso sussurrava em seu ouvido, enquanto erguia o crucifixo diante de seus olhos. Ela desviou o olhar da cruz e o dirigiu aos três homens de negro, os quais, deduzi, eram seus juízes.

Enquanto eu observava, os três homens se ergueram, e um deles começou a falar – embora eu não entendesse o que ele dizia. Então, saíram do quarto seguidos dos outros dois com as pastas cheias de papéis. Ao mesmo tempo, entrou outro homem, que se dirigiu a um canto do salão, onde notei vários objetos estranhos, cordas e polias. Esse novo personagem era alto, vestido de negro, com um rosto feroz e austero. Sua aparência me fez tremer. Soube desde o momento em que o vi que ele dominava o que acontecia naquela masmorra. A mulher de camisolão branco olhou para ele de alto a baixo, sem mudar a expressão. Estava confiante. Parecia mesmo desafiá-lo com o olhar.

O rosto do padre, porém, empalideceu e gotas de suor brotaram em sua testa. Apertou as mãos com ainda mais força e começou a murmurar palavras nervosas no ouvido da mulher.

Enquanto isso, o homem de negro se aproximou dela, pegou uma corda e amarrou seus punhos. Em seguida, puxou-a pelas mãos e a arrastou até um suporte de madeira um pouco mais alto que a cintura dela, onde a amarrou com o rosto voltado para o teto, as costas dobradas para trás sobre a trave. O padre, tremendo de horror, saiu rapidamente da masmorra. Os lábios da mulher se moviam em uma oração muda e desesperada, enquanto o torturador amarrava seus pés a argolas presas ao chão.

Fui dominado pela morbidez da cena, mas mesmo assim não pude desviar os olhos. Dois outros homens entraram no quarto, trazendo três baldes cheios de água, que foram colocados ao lado da prisioneira. Um deles passou um estranho objeto ao homem de negro: era o funil de couro. Com uma brutalidade tremenda, ele forçou o funil na boca da mulher, mas não pude ver mais nada. Chocado, agitei-me e acordei, trêmulo de terror, no meio da biblioteca onde dormia. A luz do luar entrava pela janela, lançando estranhas sombras nas paredes.

Senti um alívio tremendo de me ver de volta ao presente. Sentei-me no sofá ainda trêmulo, a mente abalada pelo terror que experimentara durante o sonho. Teria sido fantasia minha ou será que aquela cena realmente acontecera? Estava ainda sob o efeito desses pensamentos quando senti o coração parar de bater. Um terror ainda maior me dominou. Alguma coisa caminhava na escuridão da biblioteca, vindo em minha direção. Petrificado de pavor, sem conseguir esboçar qualquer reação, nada pude fazer a não ser olhar fixamente para a sombra que chegava cada vez mais perto. Então, a sombra se aproximou de uma réstia de luz do luar e eu pude respirar novamente: era Dacre, e o rosto dele indicava que estava tão assustado quanto eu.

– Foi você? – perguntou, com voz embargada. – Pelo amor de Deus, o que aconteceu?

– Nossa, Dacre! Não imagina o quanto estou contente de ver você! – confessei. – Foi horrível.

– Então, foi você quem gritou? – insistiu ele.

– Acho que sim – respondi, sem saber ao certo se tinha gritado ou não.

– Seu grito ecoou pela casa toda. Os empregados estão assustados – disse Dacre, enquanto riscava um fósforo para acender a vela. – Vamos reacender a lareira também – acrescentou, jogando algumas achas de lenha sobre as brasas que ainda ardiam. – Que coisa, meu caro! Você está pálido. Até parece que viu um fantasma.

– E vi mesmo. Não um, mas vários.

– Então o funil de couro se manifestou, não foi?

– Eu não volto a dormir ao lado dessa coisa de novo nem que você me dê todo o dinheiro do mundo.

Dacre riu.

– Eu já esperava que você fosse ter uma noite agitada – admitiu. – Pelo grito que deu, deve ter visto a coisa toda.

– Que cena horrível!

– A tortura da água – disse Dacre. – "A Questão Extrema", como era conhecida nos tempos do Rei Sol. Você viu até o fim?

– Não. Graças a Deus, acordei antes de começar.

– Ah! Melhor para você. Eu assisti até o terceiro balde... Bom, é uma velha história e todos eles já estão em seus túmulos, portanto, suas ações não importam mais. Mas acho que você não tem ideia do que viu. Estou certo?

– Uma criminosa sendo torturada. Foi o que vi. E, pelo jeito, os crimes dela devem ter sido terríveis, considerando o castigo que recebeu.

– É um pequeno consolo – disse Dacre, agachando-se junto à lareira para ficar mais próximo do fogo. – A pena que ela recebeu foi proporcional aos crimes que cometeu. Isto é, se eu tiver identificado corretamente essa mulher.

– E como você poderia saber a identidade dela? – perguntei.

Meu amigo não me respondeu. Dirigiu-se a uma estante, de onde tirou um grosso volume.

– Ouça isto – disse. – Está em francês do século XVII, mas vou traduzir e você julga por si mesmo se resolvi ou não essa questão. "A prisioneira foi trazida perante a Grande Corte de Tournelles, acusada do assassinato do mestre Dreux d'Aubray, seu pai, e de seus dois irmãos, mais uma irmã. É difícil acreditar que ela protagonizou esses atos cruéis, uma vez que tem aparência suave, é de baixa estatura, pele clara e olhos azuis. A corte, porém, tendo-a julgado culpada, condenou-a à 'Questão Extrema', de forma que possa ser forçada a denunciar seus cúmplices. Em seguida, ela deverá ser conduzida em carro aberto até a Place de Grève, onde será decapitada, seu corpo, queimado e suas cinzas espalhadas ao vento." A data dessa anotação é 16 de julho de 1676.

– É interessante – concordei. – Mas não é convincente. Como você sabe que a mulher do sonho e essa prisioneira que consta dos autos são a mesma pessoa?

– Espere. O texto continua mais um pouco. Ouça: "Quando o carrasco se aproximou, ela o reconheceu pelas cordas que ele trazia e imediatamente estendeu as mãos para que as amarrasse, observando-o de alto a baixo sem dizer uma palavra". Não foi o que vimos?

– De fato – admiti.

– "Ela olhou sem piscar, de cima da trave de madeira, a qual tinha causado tantas agonias" – continuou a ler Dacre. – "Quando seus olhos pousaram sobre os três baldes de água que a esperavam, ela disse com um sorriso: 'Toda essa água deve ter sido trazida com a intenção de afogar-me, *monsieur*. O senhor não tem em mente fazer uma pessoa da minha estatura bebê-la'." Quer que continue a ler os detalhes da tortura?

– Não, pelo amor de Deus, não.

– Este registro é exatamente a cena que você viu em sonho: "O bom abade Pirot, incapaz de contemplar as agonias que sua penitente sofreria, saiu apressadamente da sala". Será que com isso você está convencido?

– Sim, completamente – confessei. – Não há dúvida de que se trata da mesma história. Mas, então, quem é essa mulher tão atraente, mas que teve um fim horrível?

Dacre não respondeu. Aproximou-se de mim e colocou uma pequena lâmpada sobre a mesinha que estava ao lado do sofá que me servia de cama. Pegando o funil amaldiçoado, virou o aro de latão de forma que a luz caísse diretamente sobre ele. Vista sob esse ângulo, a gravação parecia mais clara que na noite anterior.

– Bem, ambos tínhamos concordado que este é o escudo de um marquês ou de uma marquesa – começou ele. – Também concordamos que esta letra é um B.

– Com certeza é.

– Sugiro agora que estas velhas letras são, da esquerda para a direita, M, M, um d pequeno, A, outro d pequeno e finalmente o B.

– Sim, você tem razão – disse eu. – Consigo distinguir bem os dois dês pequenos.

– O que acabei de ler para você foi o registro oficial do julgamento de Marie Madeleine Marguerite d'Aubreay, marquesa de Brinvilliers, uma das envenenadoras mais famosas da história.

As palavras de Dacre me chocaram. Sentei-me em silêncio, perplexo com a natureza extraordinária daquele incidente e com a prova irrefutável que meu amigo me apresentava. Lembrei-me vagamente do que conhecia sobre aquela mulher, seu sangue frio, a maneira como matou seu pai doente e, depois, seus dois irmãos e sua irmã. Lembrei-me também que, devido à tortura que sofreu, Paris veio a simpatizar com ela. Depois da infâmia das torturas que lhe impuseram, chegaram a vê-la como mártir. Mas eu ainda tinha uma dúvida:

– Como suas iniciais e o escudo de marquesa vieram parar neste funil? Com certeza não se decoravam instrumentos de tortura com as marcas daqueles em quem foram usados, mesmo que fossem membros da nobreza.

– Isso também me chamou a atenção – admitiu Dacre. – Mas acho que a explicação é bem simples. Esse caso foi célebre na época e, possivelmente, La Reynie, que era chefe da polícia de Paris no tempo de Luís XIV, quis ficar com alguma recordação, isto é, o funil de couro usado para despejar água pela garganta da marquesa. Afinal, não era sempre que uma marquesa francesa era submetida à "Questão Extrema". Acho que esse foi o motivo de ele ter inscrito o nome e o brasão dela neste instrumento de tortura.

– E isto aqui? – perguntei, apontando para as marcas sobre o couro.

– Ela era uma tigresa cruel – respondeu Dacre. – E, como qualquer tigresa, seus dentes eram fortes e afiados...

8. Um estranho episódio na vida de Schalken, o Pintor
Joseph Sheridan Le Fanu

O escritor irlandês Joseph Sheridan Le Fanu (1814-1873) deixou seu nome no universo literário por conta de suas histórias de fantasmas. Ele foi, no século XIX, o maior autor de horror gótico, e sua obra foi essencial para o desenvolvimento desse gênero. Outro criador de histórias de fantasmas, o ensaísta M. R. James, afirmou que "para inspirar terror, J. S. Le Fanu é melhor que qualquer outro escritor". Para James, Le Fanu "ocupa um lugar muito importante enquanto expoente da imaginação celta [irlandesa]". O ensaísta compara Le Fanu a Edgar Allan Poe, asseverando preferir o primeiro.

Preferências à parte, há, de fato, semelhanças entre a vida e a obra dos dois escritores. Ambos exploraram o horror, a estética gótica, foram donos de revistas literárias, viveram exclusivamente de seus escritos, foram celebrados em seu tempo e sofreram perdas de parentes próximos. A diferença é que Le Fanu não teve uma vida trágica como Poe.

Autor de diversos romances, entre eles, *Uncle Silas* (Tio Silas), um clássico da literatura gótica, e *The House By The Churchyard* (A casa ao lado do cemitério), uma das fontes de James Joyce para o romance *Finnegans Wake*. Le Fanu é sempre lembrado como criador da sensual vampira Carmilla, que influenciou Bram Stoker em seu *Drácula*. Muitos de seus contos e novelas também são notáveis.

Seus doze primeiros contos, escritos entre 1838 e 1840 e publicados em revistas, foram reunidos na coletânea The Purcell Papers (Os documentos de Purcell) e são apresentados ao leitor como anotações de um sacerdote católico que viveu no século XVIII, o padre irlandês Francis Purcell, narrador do livro. São histórias lúgubres, passadas em castelos arruinados, ao lado de bosques e lagos ancestrais. Entre essas histórias, há uma – "Um estranho evento na vida de Schalken, o Pintor" – que traz uma das ideias preferidas de Le Fanu: a de uma alma humana, ou um espírito maligno, que se apossa de um cadáver e o usa para conquistar seus objetivos. Embora seja um tema comum no folclore de vários países, Le Fanu o explora com muita imaginação.

Le Fanu escreveu esse conto quando tinha apenas 24 para 25 anos. Nele, usa um de seus melhores recursos: o jogo de omitir e suprimir informações, nunca contando todos os detalhes ao leitor, conduzindo-o em um crescendo até a conclusão inesperada. A trama baseia-se em uma canção popular inglesa sobre um homem que, depois de uma ausência prolongada, volta para a mulher e a encontra casada e com um filho. Ele a seduz com promessas, faz com que abandone a família e a leva em uma viagem de barco, cujo destino – desconhecido para ela – é o inferno.

Com esse tema, Le Fanu explora, de forma tétrica, porém, magistral, o contraste entre a vida e a morte, o belo e o disforme, o saudável e o doente, o prazer e o asco. A história gira em torno de quatro personagens, três deles, reais. Godfried Schalken (1643-1706) foi um pintor da cidade de Leiden, na Holanda, mestre em retratar o jogo de luz e sombra e famoso por dizer o que pensava e por ser rude e grosseiro. Schalken foi aluno de Gerard Dou (1613-1675), outro grande mestre holandês, cuja sobrinha Rose Velderkaust pode ter sido retratada em um dos quadros mais famosos de Schalken: *Dama com candeeiro*. Na verdade, essa pintura é outra fonte de inspiração deste conto. Na história, Le Fanu descreve um quadro semelhante e desenvolve, em torno da pintura, uma trama de incrível imaginação.

O quarto personagem de "Um estranho evento na vida de Schalken, o Pintor" é um mistério. Ele encerra em si o desconhecido. E se o desconhecido é a fonte do medo (e também a inspiração das maiores aventuras), Le Fanu soube, como poucos autores, explorar esse elemento em seu personagem.

UM ESTRANHO EPISÓDIO NA VIDA DE SCHALKEN, O PINTOR

Joseph Sheridan Le Fanu

I

A tradição da pintura holandesa é uma das mais marcantes da história da arte. Os mestres holandeses são famosos, principalmente, pelo domínio do jogo de luz e sombra – uma característica da escola barroca, que explora, como nenhum outro movimento artístico, o jogo entre os contrastes. Muitos desses mestres deixaram seus nomes gravados no panteão dos artistas geniais. Outros, embora tenham sido reconhecidos em seu tempo, são hoje pouco lembrados. Godfried Schalken é um desses mestres.

Schalken é célebre pelos retratos da luz de velas e por ser um dos "pintores finos" (*fijnschilder*), como chamavam a si mesmos os mestres da cidade de Leiden que buscavam reproduzir o real com uma fidelidade quase enervante. Um de seus quadros, em especial, é impressionante. Como em todos os seus trabalhos, o uso da luz é a principal característica. O quadro representa o que bem poderia ser o interior de uma câmara em um antigo templo. O primeiro plano é dominado por uma figura feminina vestindo uma túnica branca que também cobre sua cabeça, como um véu. Ela segura uma vela que ilumina apenas seu rosto e parte do corpo, mostrando um sorriso malicioso, como se fosse revelar algo surpreendente. Ao fundo, em uma área livre de sombras, há um homem vestido à moda holandesa antiga. Sua expressão parece alarmada, e ele está desembainhando a espada. A semelhança das imagens com a realidade é incrível. O quadro representa uma ocorrência misteriosa e perpétua, a beleza de Rose Velderkaust, sobrinha de Gerard Dou, em cujo estúdio Schalken estudara. Rose foi o primeiro e, provavelmente, o único amor de Schalken.

Meu bisavô conhecia bem o pintor, e foi o próprio Schalken quem contou a ele a estranha história desse quadro. Na verdade, Schalken, em seu testamento, deixou a pintura para meu bisavô, e, desde então, tanto o quadro como sua história têm sido guardados por meus parentes como tesouros de família.

Quando Schalken era ainda muito jovem, foi estudar com Gerard Dou, um dos maiores pintores e vitralistas de Leiden. Era tutor de sua sobrinha, a órfã Rose Velderkaust, que Schalken veio a conhecer no estúdio. Apesar de motivado pela ambição e pela ansiedade de aprender com o grande mestre, Schalken foi imediatamente atraído pela beleza de Rose e logo se apaixonou por ela. Pouco mais nova que ele, Rose ainda não havia completado dezessete anos. Dona de uma beleza única, que tanto combinava com a delicadeza de seus modos como contrastava com a grosseria e impaciência de Schalken. Ele contou a ela sobre seu amor e obteve, em retorno, sua confissão: também o amava. Mas, sendo pobre e ainda não tendo nenhum reconhecimento, Schalken não se atreveu a pedir a mão de Rose ao velho Gerard. Precisava primeiro conquistar fama e fortuna e se atirou ao trabalho. Seus sonhos, planos e esforços foram, porém, interrompidos por eventos estranhos, macabros.

Certa noite, Schalken ficou trabalhando até depois de seus colegas terem deixado o estúdio. Tentava completar um desenho ao qual já se dedicara muito. Era uma composição religiosa, uma representação das tentações de um Santo Antônio barrigudo, quase bonachão. Schalken não ficava satisfeito com o resultado, apagando e refazendo incessantemente o diabo e o santo. Absorto no trabalho, não prestava atenção em mais nada. Cansado e frustrado, parou de desenhar e ficou olhando o estudo, a cabeça apoiada em uma das mãos, a outra mão girando distraidamente o pedaço de carvão. Estava alheio a tudo que não fosse o desenho.

De repente, percebeu um leve ruído acima do ombro, com se alguém estivesse olhando por trás dele. Virou-se e se deu conta de que um estranho estava observando seu trabalho: um homem vestido à moda antiga, do tempo de seus avós. Tinha uma capa de veludo presa com uma grossa corrente de ouro que brilhava no lusco-fusco do anoitecer e olhava fixamente o rapaz. A escuridão que tomava o estúdio e o grande chapéu que lhe cobria parte do rosto impediram que Schalken distinguisse as feições do estranho. Mas havia um ar de importância naquele homem, e sua imobilidade, a maneira como permanecia em pé, paralisado, olhando diretamente para ele, tinha um quê de aterrador, de terrível.

O aprendiz se recobrou do susto e perguntou ao homem se ele trazia alguma mensagem para seu mestre.

– Diga a Gerard Dou que Minheer Vanderhausen, da cidade de Roterdã, deseja falar com ele amanhã a esta mesma hora – respondeu ele.

Acabou de falar e saiu com passos rápidos, porém, silenciosos, como se nem tocasse os pés no chão, antes que Schalken tivesse chance de dizer qualquer coisa. Curioso, ele correu até a janela para ver em que direção Vanderhausen iria. O visitante teria de sair obrigatoriamente pela única entrada do estúdio, no andar térreo, que ficava sob a janela onde Schalken esperava. No entanto, Vanderhausen não saiu. O rapaz achou que ele tinha se escondido no corredor ou no saguão de entrada do estúdio com algum propósito sinistro e relutou um pouco antes de ir embora. Ficou parado um ou dois minutos, juntando coragem, e saiu apressado, passando pelo corredor sem olhar para os lados e trancando a porta do estúdio atrás dele.

II

– Minheer Vanderhausen – repetiu Gerard Dou com seus botões, enquanto esperava o visitante no dia seguinte. – Nunca ouvi falar nele. Provavelmente, quer que eu pinte seu retrato ou que tome algum parente pobre como aprendiz.

Como na noite anterior, o estúdio estava deserto, a não ser por Schalken, que continuava a trabalhar no desenho das tentações de Santo Antônio. Impaciente, Gerard Dou andava de um lado para o outro, parando por vezes em um ou outro cavalete para observar os estudos de seus alunos, ou detinha-se na janela, esperando ver Vanderhausen chegando.

– Você disse que ele viria às sete horas, Godfried? Espero que seja pontual – perguntou a Schalken, para se certificar do horário do encontro. Pouco depois, o grande relógio começou a soar. Quando tocou a sétima badalada, Vanderhausen apareceu à porta.

Havia algo em sua aparência que fez o pintor sentir que estava na presença de um homem importante: as roupas, os modos, a arrogância característica de quem está acostumado a mandar. Gerard saudou o estranho com as mesuras da época e convidou-o a sentar-se. O visitante fez um sinal indicando que agradecia a cortesia, mas continuou em pé.

– Então, tenho a honra de falar com Minheer Vanderhausen, de Roterdã? – indagou Dou.

– O próprio – respondeu Vanderhausen laconicamente.

Dou quis saber em que poderia ajudar, e Vanderhausen respondeu com outra pergunta:

– Esse rapaz é de confiança? – disse, indicando Schalken com um gesto vago e, ao mesmo tempo, firme.

– Certamente – confirmou Gerard Dou.

O visitante tirou, da bolsa que trazia consigo, um objeto semelhante a uma caixa de sapatos.

– Peça ao rapaz que leve isto ao joalheiro mais próximo para avaliar seu conteúdo e volte com um certificado atestando seu valor – explicou Vanderhausen e entregou o objeto a Dou.

O pintor estranhou o peso, consideravelmente grande para o tamanho da caixa. Chamou seu aprendiz e repetiu as instruções. Schalken correu ao joalheiro mais próximo, um judeu, cuja loja ficava a duas ruas do estúdio. Quando o joalheiro abriu a caixa, Schalken viu que eram vários lingotes de ouro e, pelo que disse o judeu, da melhor qualidade. Na verdade, o negociante ficou entusiasmado com o metal.

– Não contém nenhuma impureza! Que beleza! Lindo! – repetia, enquanto examinava os lingotes.

Quando se deu por satisfeito, emitiu um documento de avaliação, informando o valor dos lingotes de ouro – uma pequena fortuna, o bastante para se viver confortavelmente por muitos anos. Schalken voltou apressado à casa de Dou, com a caixa e o certificado sob a capa.

III

Quando Schalken saiu do estúdio, Vanderhausen se pôs a explicar o motivo de ter vindo procurar Dou.

– Não posso ficar muito tempo com o senhor esta noite, por isso vou direto ao assunto – começou Vanderhausen. – Há alguns meses, o senhor esteve em Roterdã. Nessa ocasião, vi sua sobrinha, Rose Velderkaust, na igreja de São Lourenço. Desejo tomá-la como esposa e asseguro que sou o marido mais rico que o senhor pode querer para ela. Como é tutor dela, tem autoridade para me conceder a mão da jovem. Tenha certeza de que essa união é vantajosa tanto para ela como para o senhor. Quero, porém, que consinta imediatamente.

Gerard Dou foi tomado de surpresa. Poucas vezes encontrara alguém tão direto. Contudo, não manifestou seu espanto. Alguma coisa naquele estranho excêntrico o congelava, paralisando sua vontade.

– Não tenho dúvida de que sua proposta é vantajosa para minha sobrinha – respondeu, depois de um silêncio que chegou a ser embaraçoso. – Acontece que ela tem vontade própria e pode não concordar com o que nós julgamos ser conveniente para ela.

– O senhor é guardião legal dela – retrucou Vanderhausen. – É o senhor, portanto, que tem a palavra final.

Enquanto falava, o homem de Roterdã se inclinou para a frente, para se aproximar do pintor. Sem saber por que, Dou sentiu um calafrio percorrer-lhe o corpo. Em seu íntimo, rezava para Schalken voltar o quanto antes.

– Quero lhe deixar uma prova da minha riqueza e da liberalidade com que pretendo tratar sua protegida – continuou Vanderhausen. – Seu aprendiz retornará em alguns minutos com uma soma em dinheiro cinco vezes maior do que ela poderia esperar de qualquer marido. Esse valor será dela como dote, e o senhor ficará com a guarda desse dinheiro para aplicar em nome de sua sobrinha. Essa soma irá assegurar sua independência financeira. Não é liberal o bastante?

O pintor concordou, pensando com seus botões que, de fato, a fortuna sorria para Rose. Apesar de bela, o dote da sobrinha era pequeno, o que não lhe permitia alimentar pretensão de se casar com um homem rico. Tampouco suas origens modestas garantiam um bom partido. Dou ficou inclinado a consentir a união.

– Sua oferta é liberal, mas não posso concordar em dar a mão da minha sobrinha sem saber nada a seu respeito ou sobre sua família – ponderou Dou.

– O senhor não conseguirá saber nada sobre mim que eu não queira – respondeu Vanderhausen secamente. – E só posso oferecer minha palavra e meu ouro para assegurar minha respeitabilidade – concluiu.

Dou imaginou que estava lidando com um homem poderoso, acostumado a determinar o modo de tratar seus negócios. "Não há justificativa para recusar essa oferta", pensou. "Mas não vou me comprometer sem necessidade."

– O senhor não vai se comprometer sem necessidade – disse o visitante, quebrando o silêncio com as mesmas palavras que Dou acabara de pensar. – Contudo, se o valor em ouro que irei deixar em suas mãos for satisfatório, e o senhor não quiser que eu retire minha proposta, deve assinar este termo comprometendo-se em me dar a mão de sua sobrinha.

Vanderhausen entregou um papel ao pintor, que verificou tratar-se de um contrato especificando que ele, Gerard Dou, daria a mão de sua sobrinha, Rose Velderkaust, a Minheer Vanderhausen, de Roterdã, com quem ela se casaria no prazo de uma semana a partir daquela data.

Enquanto Dou lia o contrato, Schalken chegou, trazendo a caixa e o certificado de valor emitido pelo joalheiro. Deixou-os com o estranho e virou-se para sair quando Vanderhausen o deteve, pedindo-lhe que o aguardasse. Entregou a caixa e o documento a Dou e esperou que ele examinasse o conteúdo de ambos. Então, perguntou:

– Satisfeito?

Era um valor ainda maior do que Dou imaginava. Mesmo assim, o pintor lhe pediu mais um dia para considerar.

– Nem um minuto mais – respondeu Vanderhausen. – Se o senhor não me responder agora, retiro minha oferta.

– Bem, se não há outra forma – resmungou Dou –, estou satisfeito. Vou assinar o termo.

E procederam à assinatura da papelada. Schalken, sem conhecer o teor do contrato, serviu de testemunha do acordo que o separaria para sempre do único amor de sua vida.

– Voltarei aqui amanhã às nove horas da noite para ver o objeto do nosso acordo – informou Minheer Vanderhausen secamente.

Em seguida, pegou sua via do documento, dobrou-a, guardou-a na bolsa e saiu.

Intrigado com o que havia acontecido na noite anterior, Schalken foi imediatamente para a janela, esperando ver o visitante sair. Como antes, esperou em vão: Vanderhausen não saiu pela porta.

IV

Gerard Dou desconhecia os sentimentos que Schalken e sua sobrinha tinham um pelo outro. Mesmo que soubesse, isso não o impediria de firmar o contrato com Vanderhausen. Afinal, seu discípulo não tinha bens, e Minheer Vanderhausen demonstrava ser muito rico. Naquela época, eram os pais e tutores que decidiam o futuro – a profissão e o casamento – dos jovens, e Dou teria considerado um absurdo fazer uma união tão importante baseada simplesmente no afeto.

O pintor também não comunicou à sobrinha a decisão que tomara. Na verdade, o que impediu Dou era o fato de que, se Rose pedisse uma descrição do noivo, ele não saberia responder. Por algum motivo, não fixara as feições de Vanderhausen – justamente ele, um pintor, com olhos treinados para identificar e memorizar os menores detalhes. Por isso, só foi contar à sobrinha sobre o pretendente no final da tarde do dia seguinte, quando ela foi vê-lo no estúdio. Segurou a mão dela e sorriu:

– Esse seu rosto lindo vai fazer sua fortuna – disse. – Acredite, Rose, logo você estará noiva. Mande preparar a sala de jantar e avise aos empregados que esperamos um convidado para a ceia. Um amigo virá, e quero que se arrume especialmente para recebê-lo.

Depois da aula, no começo da noite, quando Schalken estava guardando seus pincéis, Gerard convidou-o para jantar em sua casa. Às nove horas em ponto, enquanto Schalken, Dou e Rose esperavam na sala de jantar, o criado atendeu a porta e conduziu o visitante. Em silêncio, os três ouviram passos no corredor, e a porta do aposento se abriu lentamente, deixando aparecer uma figura que assustou o pintor e quase fez Rose gritar. O estranho tinha a mesma altura, a mesma forma, as mesmas roupas de Minheer Vanderhausen, mas suas feições eram estranhas, perturbadoras. Nem Dou nem Schalken se lembravam do rosto dele. Pareciam notá-lo só agora. Era terrível: a tez azulada, olhos amarelos que expressavam uma maldade satânica, lábios escuros, enegrecidos. Usava luvas, que não tirou em nenhum momento.

Gerard Dou levou um minuto para se recuperar da má impressão que a aparência de Vanderhausen causara e cumprimentar o convidado. Havia algo bizarro, até mesmo horripilante, nos modos daquele homem. Algo indefinível, inumano – algo que não era natural. Era como se seus membros fossem guiados por um espírito que não estava acostumado a um corpo humano.

O convidado mal falou durante a visita, que não durou mais que meia hora. O próprio anfitrião não se sentiu encorajado a conversar muito. A atmosfera estava dominada pelo nervosismo que a presença de Vanderhausen provocava em Schalken e nos anfitriões. Notaram, espantados, que Vanderhausen não piscou uma única vez. Seus olhos fixavam-se profundamente, como se penetrassem no objeto ou na pessoa que observavam. Os três perceberam também que seu peito não se mexia enquanto respirava. Na verdade, era como se não respirasse.

Depois que o estranho saiu, Rose sentiu um alívio.

– Que homem assustador, tio – disse ela. – Não gostaria de vê-lo de novo nem por toda a riqueza da Holanda.

– Deixe de bobagens, Rose – cortou o tio, que se sentia tão desconfortável quanto ela. – Um homem pode ser feio como o diabo, mas há outras virtudes que contam. Se seu coração for bom e suas ações, corretas, ele merece a atenção das mais belas moças da cidade. Rose, sei que ele não é bonito, mas é um homem rico e liberal, e essas duas virtudes bastam para compensar qualquer deformidade que possa ter.

– Sabe de uma coisa, tio? – perguntou Rose. – Ao ver aquele homem parado ali na porta, não consegui tirar da cabeça uma velha escultura de madeira pintada na igreja de São Lourenço, em Roterdã, que me assustava muito quando eu era criança.

Gerard riu um riso nervoso, tentando dissimular seu mal-estar.

No dia seguinte, logo cedo, foram entregues vários presentes caros e raros para Rose – cortes de seda, de veludo, joias – e um envelope destinado a Gerard Dou, o qual continha um contrato formal de casamento entre Minheer Vanderhausen e Rose Velderkaust. O texto continha cláusulas muito vantajosas para Rose, com as quais Dou nem sonhava, estipulando uma grande soma a ser usada pela noiva, deixada aos cuidados do tio.

Menos de uma semana depois do encontro, Schalken viu partir a mulher que amava, levada com pompa e circunstância pelo seu repulsivo rival. Deprimido, faltou ao estúdio dois ou três dias. Quando voltou, atirou-se ao trabalho com mais dedicação que antes. O amor dera lugar à ambição.

Os meses se passaram e, ao contrário de suas expectativas e do que havia combinado com os noivos, Gerard Dou não recebeu qualquer notícia da sobrinha – nem mesmo para pedir os juros do dinheiro que ele havia aplicado em seu nome. O pintor foi ficando cada vez mais inquieto e resolveu ir a Roterdã visitar Rose, para se certificar de que estava tudo bem com ela. Mas a viagem foi em vão. Não havia ninguém no endereço de Vanderhausen que constava no contrato. Pior: ninguém em Roterdã tinha ouvido falar em Minheer Vanderhausen.

O pintor voltou a Leiden ainda mais preocupado do que quando saíra. Foi imediatamente procurar o cocheiro que tinha levado Rose e Vanderhausen para Roterdã depois do casamento. Por ele, soube que viajaram devagar e que chegaram a Roterdã no final da tarde. Contudo, o cocheiro não entrou na cidade. A cerca de dois quilômetros de Roterdã, os noivos foram recebidos por um grupo de homens vestidos à moda antiga. O cocheiro achou que fosse ser assaltado, mas logo se tranquilizou ao ver que traziam uma liteira. Vanderhausen ordenou que ele parasse a carruagem e abriu a porta, ajudando a noiva a descer. Ela chorava amargamente e torcia as mãos, num gesto desesperado, ao ser conduzida pelo marido, quase empurrada, até a liteira, na qual ambos entraram. Então, os homens que os aguardavam ergueram a liteira e a conduziram rapidamente em direção à cidade. O cocheiro ficou observando o grupo até sumirem na escuridão da noite que caía. Dentro da carruagem, encontrou uma bolsa com dinheiro suficiente para pagar três viagens como aquela. Era tudo o que sabia sobre Minheer Vanderhausen e sua bela esposa.

A história do cocheiro deixou Gerard Dou ainda mais inquieto. Agora, tinha certeza de que fora enganado por Vanderhausen. Arrependido, sentia-se como se tivesse vendido a sobrinha. A cada dia que passava sem notícias de Rose, ele temia mais. A privação da companhia da sobrinha o deprimiu. Tinha essas crises sempre depois do trabalho, quando voltava sozinho para casa. Para aliviar seu pesar, passou a convidar Schalken para acompanhá-lo e jantar com ele.

Em uma dessas noites, o pintor e seu aluno estavam sentados em frente à lareira, fumando seus cachimbos depois de terem comido bem, quando ouviram um som alto na porta da frente, como se alguém tivesse entrado abruptamente. Um empregado foi ver o que estava acontecendo e Schalken e Dou o ouviram interrogar alguém, mas sem resposta – apenas o som de suspiros e gemidos agoniados. Então, escutaram passos rápidos na escada. Schalken abriu a porta da sala e Rose entrou correndo. Estava enlouquecida de medo. O vestido, roto, estava sujo como se tivesse corrido, caído e se arrastado pelo chão. Exausta, mal entrou na sala, desmaiou.

Dou e Schalken correram para reanimá-la – o que conseguiram com certa dificuldade. Ao voltar do desmaio, Rose começou a gritar, aterrorizada:

– Vinho! Rápido, vinho, ou estou perdida!

Alarmado com o estado de Rose, o pintor ordenou ao empregado que a servisse imediatamente. Quando ele trouxe a taça e a garrafa, Rose bebeu com uma sofreguidão que os surpreendeu. E voltou a pedir:

– Deem-me de comer, pelo amor de Deus! Tragam comida ou irei perecer!

Havia ainda um bom pedaço do pernil assado que sobrara do jantar e Schalken foi cortar algumas fatias. Mas Rose tomou o pernil dele e começou a comer com as mãos. Depois de ter se saciado, começou a chorar desconsoladamente e a torcer as mãos.

– Chamem um ministro de Deus! – pediu. – Não estarei a salvo até ele chegar. Por favor, peçam que ele venha imediatamente!

Sem perder tempo, Gerard despachou um mensageiro e aconselhou a sobrinha a descansar. Ofereceu o próprio quarto para ela repousar. Rose hesitou e só concordou com a condição de que o tio e Schalken não a deixassem em nenhuma circunstância.

– Só um ministro de Deus poderá me livrar desse mal – disse ela. – Só ele pode me livrar. Os mortos e os vivos não podem se unir! Isso é errado! Deus proíbe!

Dou e Schalken levaram Rose até o quarto, acompanhando-a pelos corredores da casa, cada qual de um lado, com uma vela na mão iluminando o caminho.

– Por favor, não me deixem em nenhum momento. Do contrário, estarei perdida para sempre – repetia Rose, sem parar.

O quarto de Dou tinha uma antecâmara – uma pequena sala – separada do dormitório por uma porta. Quando entraram na antecâmara, Rose parou. Seu corpo tremeu e enrijeceu.

– Meu Deus, ele está aqui! Ele está aqui! – sussurrou. – Vejam! Vejam! Lá vai ele!

Ela apontava para dentro do quarto de Dou. Schalken ergueu a vela naquela direção e viu, de fato, uma sombra entrando no aposento. Desembainhou a espada e entrou no quarto. Não havia nada lá. Mas tinha certeza de que vira alguma coisa, uma forma indefinida, entrando ali. O terror se abateu sobre ele e tomou forma num suor gelado que cobriu seu corpo. Do lado de fora da câmara, Rose soluçava:

– Eu o vi! Ele está aqui! Está no quarto! Está atrás de mim! Por favor, salvem-me, não saiam do meu lado!

Não vendo nada, Schalken e Dou a levaram para o quarto e a deitaram na cama. O tempo todo, Rose continuava pedindo com um desespero pungente, repetindo frases estranhas, sem sentido:

– Os mortos e os vivos não podem se unir! Deus proíbe! – dizia com asco. – Descanso para os mortos! Paz para os vivos!

Ouvindo isso e vendo o estado de Rose, Gerard imaginou que a sobrinha tinha sofrido maus tratos e perdera a razão. Tinha quase certeza, vendo o vestido sujo e rasgado, a aparência desgrenhada da moça, de que ela estava fugindo – talvez de um hospício, ou de um lugar semelhante. Não lhe perguntou nada, resolvido a conversar com ela depois da visita do sacerdote, quando estivesse mais calma. Também decidiu que chamaria um médico para cuidar dela.

Não tardou muito para o sacerdote chegar – um homem de idade avançada, conhecido pela profundidade de sua religiosidade e por seu rigor moral. Ele entrou na antecâmara e parou à entrada do quarto onde Rose estava deitada; vendo o sacerdote, a moça sentou-se na cama e pediu insistentemente que ele rezasse por sua alma, pois ela estava nas mãos de Satã e sua salvação só poderia vir dos Céus. Ao seu lado, Schalken e Dou vigiavam.

O velho clérigo abriu a boca para começar a rezar, quando uma lufada de vento apagou a vela que iluminava o quarto. Rose se assustou e pediu a Schalken que acendesse outra.

– Rápido, Godfried! – insistiu ela. – A escuridão é perigosa.

Schalken saiu para a antecâmara para pegar uma das velas que lá ardiam e, num impulso, Dou o acompanhou, saindo do quarto. Rose tentou detê-lo.

– Não saia do meu lado, tio! – gritou aterrorizada, pulando da cama para agarrar o braço de Dou, impedindo-o de sair. Mas tudo isso se passou depressa demais e o aviso de Rose chegou tarde. No momento em que Dou, seguindo Schalken, passou pelo limiar da porta entre o quarto e a antecâmara, ela bateu com toda a força, como se um vento forte a tivesse fechado, deixando Rose sozinha no quarto. Os três homens forçaram a porta, tentado abri-la. Seus esforços, porém, foram em vão. Por mais que tentassem, a porta não cedia. Do lado de dentro, vinham gritos agoniados. Não havia sons de luta, mas berros aterrorizados, como os de um animal encurralado. Os gritos iam ficando cada vez mais altos. Então, ouviu-se o som da janela se abrindo e um último berro, tão doloroso e longo que sequer parecia humano. Depois, um silêncio sepulcral pairou no ar.

No mesmo instante, a porta cedeu e os três homens que a forçavam quase caíram dentro do quarto. Estava vazio. A janela, aberta, as cortinas voando impulsionadas pelo vento que entrava. Schalken correu até a janela, tentando ver alguém – ou alguma coisa. Não viu ninguém. As ruas estavam desertas. Mas notou ondulações circulares nas águas do canal que ficava logo abaixo da casa de Dou, como se alguém tivesse acabado de mergulhar.

Rose desapareceu. Nada se soube, nem sobre ela nem sobre seu misterioso marido. Nenhum traço, nem sequer uma pista.

V

Muitos anos depois disso, o pai de Schalken, que a essa altura já era um mestre respeitado por seu talento e técnica, faleceu em Roterdã, e ele se viu obrigado a ir àquela cidade para o funeral.

O pintor chegou à igreja de São Lourenço, onde o pai seria enterrado, mais cedo que o cortejo fúnebre, que vinha dos arredores da cidade. Era inverno, e ele estava cansado – tinha viajado dois dias inteiros por estradas enlameadas, com um tempo gelado e úmido. O sacristão, ao ver um cavalheiro tão bem vestido e de aparência tão respeitável, não quis deixar uma figura importante esperando no frio e convidou-o a entrar em um aposento no interior da igreja, onde ardia um fogo acolhedor. Schalken e o sacristão se sentaram e falaram um pouco, mas o pintor não estava com disposição para conversas, e ambos acabaram ficando em silêncio, olhando o fogo – o sacristão, fumando seu cachimbo.

Cansado como estava, Schalken logo adormeceu. Pouco depois – ao menos assim lhe pareceu –, foi despertado por uma suave sacudida no ombro. Achou que tinha sido o velho sacristão, só que este não estava mais na sala. Levantou-se e viu uma jovem mulher de vestido branco, segurando uma vela, que saía na direção do corredor que levava às catacumbas. Num impulso, Schalken a seguiu e, ao chegar à escada que descia às câmaras funerárias, a mulher se virou para ele. Era Rose Velderkaust. Estava linda. Nada havia de tristeza ou de desespero em sua feição. Ao contrário: sorria, e seus olhos brilhavam com alegria. Schalken se apressou para alcançá-la. Ela continuou descendo as escadas e parou em um corredor, pelo qual seguiu até um grande quarto, mobiliado com móveis e peças caros e antigos.

A um canto do quarto, havia uma cama de dossel com cortinas negras, pesadas, que estavam fechadas. Rose se aproximou da cama e abriu as cortinas, revelando a Schalken o corpo lívido e demoníaco de Vanderhausen. A visão foi tão perturbadora e inesperada que Schalken desmaiou.

Foi só na manhã seguinte, quando o enterro de seu pai já tinha acontecido, que o pintor foi descoberto quase por acaso pelo velho sacristão. Ele demorou para ser reanimado. Estava na catacumba, em um nicho amplo e afastado. Tinha caído ao lado de um caixão.

Até o dia de sua morte, Schalken acreditou que o encontro com Rose foi mesmo real. A impressão foi tão forte que o assombrou pelo resto da vida. Para exorcizá-la, pintou um quadro no qual mostra uma bela moça à luz de uma vela – Rose, seu primeiro e único amor. Sobre seu destino, nem Schalken nem ninguém souberam mais nada.

9. A maldição do fogo e das sombras
William Butler Yeats

Uma maldição, a manifestação de um poder sobrenatural, a invocação do mal destinada à vida de uma pessoa paira sobre ela como nuvem de tempestade. Nada dá certo, e a pessoa pode até morrer – especialmente se a invocação foi feita por alguém de grande poder espiritual.

Maldições pairam no ar há séculos. Algumas são bem famosas. Dizem que a do faraó Tutancâmon, por exemplo, que caiu sobre aqueles que invadiram sua tumba, matou muitos dos membros da equipe de Howard Carter (1874-1939), o arqueólogo inglês que encontrou a sepultura.

A maldição dos Bragança, a família que governou o Império do Brasil e o Reino de Portugal, da qual Dom João VI e Dom Pedro I e II eram membros, também é famosa. No mínimo, intrigante. Conta-se que a maldição começou no século XVII, quando o rei Dom João IV agrediu com pontapés um monge franciscano que lhe pediu esmola. O monge lançou uma maldição a todos os descendentes dele, dizendo que nenhum primeiro filho homem daquela família viveria o bastante para chegar ao trono. E, por mais de duzentos anos, isso realmente aconteceu. Até mesmo os soberanos que reinaram no Brasil – Dom João VI, Dom Pedro I e Dom Pedro II – perderam seus primogênitos homens. De fato, com raras exceções, os primeiros filhos do sexo masculino dos Bragança só pararam de morrer quando a família perdeu a soberania tanto em Portugal como no Brasil.

"A maldição do fogo e das sombras" é uma história sobre esse tema, considerada verdadeira por muitos. Tanto que virou lenda, recontada por William Butler Yeats (1865-1939), um dos maiores autores de um país que deu ao mundo grandes escritores: a Irlanda. Yeats, Nobel de Literatura de 1923, é mais famoso pela sua poesia, mas sua prosa é igualmente instigante. Além de grande escritor, Yeats ficou conhecido pelo seu interesse pelo ocultismo, pela teosofia e pelo hinduísmo. Foi dirigente da Ordem Hermética da Aurora Dourada e chegou até mesmo a desenvolver um tipo de escrita automática, semelhante à psicografia.

Yeats é um dos principais representantes do movimento Renascimento Celta – uma expressão artística de resistência irlandesa. Em meio às guerras religiosas que varreram a Europa nos séculos XVI e XVII, a Irlanda, país católico com forte tradição celta (os antigos habitantes da Europa meridional e do sul, inclusive Portugal e Espanha, e das Ilhas Britânicas), ficou sob o domínio da Grã-Bretanha, protestante, por mais de trezentos anos. Nesse tempo, seu povo nunca parou de lutar pela liberdade, promovendo diversos levantes e sendo duramente reprimido pelos invasores ingleses e escoceses. Entre o final do século XIX e o início do XX, escritores e artistas irlandeses produziram uma arte combativa, que valorizava a cultura celta e era contrária ao domínio britânico; essa arte veio a ser conhecida como Renascimento Celta.

A adaptação a seguir baseia-se em um fato verídico, ocorrido em 1642: a morte de alguns soldados protestantes depois de terem incendiado a abadia de Sligo e assassinado seus monges católicos. A ação foi comandada por Sir Frederick Hamilton (1590-1647) durante a Rebelião de 1641, uma das muitas vezes em que os irlandeses tentaram expulsar os invasores. Por conta do gado que lhe estavam roubando, Hamilton, personagem histórico de origem escocesa, saqueou a cidade de Sligo (então, uma vila) e incendiou a abadia local. A desculpa para o saque foi punir a população nativa. Vale contar que, no final da vida, Hamilton voltou à Escócia depois de perder todas as propriedades que tomou na Irlanda e morreu em relativa pobreza.

A história de Yeats está cheia de referências à tradição celta. Os monges brancos, ou cistercienses, evocam os druidas, os antigos sacerdotes dos celtas, os quais, diziam os antigos, tinham domínio sobre forças sobrenaturais e eram capazes de façanhas inacreditáveis. Como os monges cistercienses, os druidas se vestiam com longas túnicas brancas.

Outra referência à cultura celta nesse conto é a Lavadeira do Rio, que aparece em várias lendas dos países que foram habitados por esse povo. Ela é a Bean Nighe dos escoceses, a Banshee dos irlandeses, as Les

Lavandières dos franceses e a Canard Noz da Bretanha. Os guerreiros celtas acreditavam que, na noite anterior à sua morte, encontrariam uma mulher lavando roupas sujas de sangue na beira de um rio. Ela está lavando o sangue da mortalha daquele que vai morrer. De fato, a Banshee é uma das mais lúgubres personificações da morte, anunciando àquele que a viu que, em breve, irá viajar àquele país desconhecido, do qual nenhum viajante jamais retornou.

A MALDIÇÃO DO FOGO E DAS SOMBRAS
William Butler Yeats

Em uma noite de verão, um grupo de soldados protestantes, comandados pelo zeloso Sir Frederick Hamilton, atacou a vila de Sligo e invadiu a abadia dos Monges Brancos, que ficava às margens do lago Gara, próximo daquela aldeia. Ao arrombarem a porta e entrarem no local santo, encontraram um pequeno grupo de religiosos reunidos em círculo no altar da igreja. Rezavam. A luz das velas brilhava estranhamente nos seus hábitos brancos. Todos estavam de joelhos, exceto o abade, que permanecia de pé nos degraus que levavam ao altar, as duas mãos erguidas segurando um grande crucifixo de bronze.

– Matem-nos! – ordenou Sir Frederick com um berro.

Mas ninguém se moveu. A maioria dos soldados havia se convertido recentemente ao protestantismo e temia o crucifixo e as velas sagradas, que projetavam as sombras fantasmagóricas dos invasores nas paredes e no teto da capela. Conforme os soldados andavam pelo lugar, as sombras começaram uma dança fantástica em meio às relíquias sagradas. Pareciam ter vida própria, dando a impressão de serem independentes dos movimentos dos homens que as projetavam. Isso deteve os invasores e, por alguns minutos, o tempo ficou suspenso no silêncio. Mas os cinco guarda-costas de Sir Frederick, ansiosos para saquear o mosteiro, ergueram seus mosquetes e atiraram. Cinco monges caíram.

O barulho dos tiros e a fumaça deram coragem ao restante dos mercenários. O mistério que a luz das velas tinha criado nas paredes da pequena igreja acabou de repente e os soldados atacaram os monges que sobraram. Em um momento, o altar estava coberto do sangue que corria dos corpos dos monges, lanhados a fio de espada.

– Incendeiem o lugar! – ordenou Sir Frederick.

Um dos soldados pegou uma pilha de feno e a encostou em uma das paredes da capela, mas não se atreveu a colocar fogo. A imagem do crucifixo e das velas sagradas ainda o impressionava. Mas os guarda-costas de Sir Frederick, os mesmos que mataram os primeiros monges e iniciaram a chacina, pegaram cada qual uma das velas sagradas que ardiam no altar e atearam fogo à pilha de feno. Logo, grandes labaredas se ergueram, açoitando o ar, espalhando-se por toda a capela, queimando bancos e estátuas, envolvendo as celas dos monges e incendiando o refeitório, até, enfim, alastrar-se por toda a abadia. A dança das sombras acabara e, agora, começava o balé do fogo. Os soldados pararam de saquear a pequena igreja, hipnotizados pelos loucos movimentos das chamas.

Estranhamente, durante algum tempo, o altar onde estavam os corpos dos monges mortos não foi tocado pelo incêndio. Então, o abade, que os soldados pensavam estar morto, levantou-se lentamente e ergueu com as duas mãos o crucifixo sobre sua cabeça. Ele parecia maior do que realmente era, cercado de fumaça e chamas, o hábito empapado de sangue. Os invasores recuaram assustados. E o abade falou com uma voz sobrenatural, que parecia vir de outro espaço, outro tempo:

– Que a desgraça caia sobre todos os que matam aqueles que vivem sob a Luz do Senhor! Que eles se percam nas sombras que não podem ser controladas e que sigam o fogo que não pode ser contido, até desaparecerem para sempre!

Depois de dizer a última palavra, o abade caiu morto. O crucifixo escapou de suas mãos e rolou pela escada do altar até parar, apontando para os cinco guarda-costas.

Àquela altura, a fumaça era tanta que os soldados não conseguiram mais ficar dentro da pequena capela. Saíram e contemplaram a dança do fogo. À frente deles, as casas de Sligo ardiam. Atrás, os vitrais da abadia brilhavam. Os santos e mártires neles retratados pareciam ter sido trazidos de volta à vida, acordados de seu transe pelas chamas. Olhavam os soldados com caras zangadas, as mãos retorcidas, condenando a chacina. Por algum tempo, os invasores não conseguiram ver nada além dos santos e mártires momentaneamente vivos nos vitrais. Então, todos os vidros explodiram de repente, arremessando sobre os soldados uma chuva de cacos coloridos que refletiam o fogo, espalhando no ar centenas de pequenas chamas espelhadas nos fragmentos.

Em meio àquela visão surpreendente, um homem coberto de poeira se aproximou correndo de Sir Frederick.

– Dois mensageiros! – gritou ele afobado, depois parou para tomar fôlego. – Dois mensageiros foram enviados pelos irlandeses derrotados para chamar reforços em Manorhamilton. Se vocês não detiverem esses homens, serão derrotados na floresta antes de chegarem a um lugar seguro! Eles foram pelo mato e vão cortar caminho pela montanha de Cashel-na-Gael.

Ao ouvir aquilo, Sir Frederick Hamilton chamou seus cinco guarda-costas e ordenou:

– Montem rápido e vão pela floresta até a montanha. Interceptem os mensageiros e matem-nos.

Os cinco soldados montaram imediatamente e, a todo o galope, cruzaram o rio e entraram na floresta. Foram por uma trilha mal cortada que seguia a margem do rio. A copa das árvores se unia sobre suas cabeças, bloqueando os fracos raios da lua encoberta pelas nuvens. Cavalgavam em uma escuridão quase completa. Aos poucos, o silêncio da mata os envolveu. A densa vegetação os obrigava a seguir devagar. Ainda cheios da emoção da chacina que promoveram, lembraram-se das palavras do abade e começaram a ser invadidos pelo medo. Oprimidos pela escuridão e pelo silêncio, aproximaram-se mais uns dos outros. Queriam exorcizar o terror que brotava neles e os dominava. Começaram a conversar.

Um deles era casado e contou que sua esposa ficaria muito feliz quando ele voltasse daquele ataque à abadia dos monges brancos. O mais velho dos cinco homens, que era viúvo, lembrou-se de que tinha uma garrafa de uísque à sua espera. Outro, o mais jovem, tinha uma namorada que esperava ver em breve e, naquele momento, só pensava nela. Era ele que ia à frente do grupo, falando pouco, atento ao caminho, envolvido por sombras sinistras. De repente, seu cavalo parou e tentou recuar.

– O que foi? – perguntou um dos que vinham logo atrás.

– Eu vi alguma coisa – respondeu. – Não sei... Talvez seja só uma sombra. Parecia um verme enorme com uma coroa de prata na cabeça.

Uma fria onda de eletricidade envolveu os cinco cavaleiros. A visão do verme, signo da morte, os apavorou. Um dos soldados começou a fazer o sinal da cruz, mas lembrou-se de que tinha se tornado protestante para servir Sir Frederick e parou. Outro tentou espantar o medo sustentando que o companheiro não tinha visto nada.

– Foi só uma sombra – disse. – Estamos cercados por sombras.

– É – concordou o que começara a se benzer. – E algumas delas são bem estranhas.

– Todas elas são bem estranhas – corrigiu o mais velho deles.

Prosseguiram, agora em silêncio, mergulhados na terrível solidão da floresta escura. Atentos aos sons, sem enxergar quase nada, continuaram devagar. O ímpeto de cumprir a missão tinha diminuído, e a culpa por terem matado religiosos indefesos começou a pesar em seus corações. Eram soldados veteranos. Tinham estado em muitas batalhas, visto e praticado muitas coisas ruins. Contudo, as sombras da floresta os envolviam em um abraço negro e frio, e os homens e os cavalos sentiam na pele uma ameaça pairando no ar.

De súbito, os dois cavalos que iam à frente empacaram. Assustados, não se moveram do lugar, não tentaram nem ao menos recuar. Ao fundo, os guarda-costas de Sir Frederick ouviram o barulho do rio passando sobre as pedras. Desmontaram e, depois de muito puxar e empurrar seus cavalos, conseguiram chegar à beira do rio.

A poucos metros da margem, num ponto onde as águas corriam rasas, havia uma velha tão magra que parecia descarnada. Estava em pé, a água nos joelhos, os cabelos cinzentos, desgrenhados, caídos sobre o vestido esfarrapado. De vez em quando se agachava e mergulhava algo na água, como se estivesse lavando alguma coisa. As nuvens desvelaram um pouco a lua e um raio de luz revelou que ela lavava as feridas de um cadáver. A água corrente virou o rosto do morto na direção dos soldados e cada um deles viu, ao mesmo tempo, sua própria face. Os cavalos empinaram e relincharam, tentando se afastar do lugar. O sangue dos cinco congelou em suas veias. A velha deu uma risada tétrica que cortou a noite e perguntou:

– Vocês viram meu filho? Ele usa uma coroa de prata...

Saindo de seu transe de terror, o mais velho dos soldados desembainhou a espada e atacou, gritando:

– Lutei muitas guerras pela verdadeira Fé e não tenho medo das sombras de Satã.

Mas quando correu pelo rio na direção da velha, ela simplesmente desapareceu, e sua espada só cortou o ar e bateu em uma pedra no leito.

Aturdidos, os cinco montaram novamente. Precisavam atravessar o rio para chegar à montanha, mas nada fazia os cavalos cruzarem naquele ponto – nem chicote, nem espora.

– Vamos voltar um pouco pela floresta e tentar cruzar lá atrás – sugeriu o soldado mais velho.

Voltaram pelo mesmo caminho até onde a trilha encontrava o rio. Lá, procuraram durante algum tempo um lugar raso e conseguiram, finalmente, atravessar. Na outra margem, a floresta era menos densa e filtrava o luar, dividindo os raios em longas barras de luz. Então, o vento começou a soprar com mais força, fazendo as nuvens passarem rapidamente pela lua. E os raios de luz começaram a dançar um balé grotesco entre as moitas e as árvores esparsas. As folhas farfalhavam e as copas das árvores uivavam com o vento. Soava como a voz dos mortos.

Desanimados, os cavaleiros tentaram, em vão, achar uma trilha que levasse à montanha. A dança das sombras do luar ficava mais e mais rápida, e o uivo do vento, cada vez mais alto. Perdidos nas sombras, avançaram às cegas até ouvirem, ao longe, uma música. Era o som de uma gaita de foles, e, embora fosse um tema fúnebre, os soldados se animaram. Seguindo-o, chegaram a uma clareira. Sentado no meio dela, um velho de gorro vermelho e rosto enrugado tocava furiosamente o instrumento. À sua frente, ardiam as brasas de uma fogueira quase apagada e, ao seu lado, uma tocha fincada no chão rasgava com sua luz a escuridão. Ao ver os estranhos, parou de tocar.

– Encontraram minha esposa? – perguntou o velho, com um sorriso louco que revelava as gengivas desdentadas. – Ela estava lavando! Preparava um cadáver para seu funeral! – disse, rindo ainda mais alto.

– Vamos embora daqui! – pediu, quase gritando, o soldado mais jovem. – Acho que ele tem parte com o diabo!

– Não! – berrou o guerreiro mais velho. – É só um homem. Vamos obrigá-lo a nos guiar – disse, desembainhando a espada. Os outros fizeram o mesmo. Os cinco cercaram o gaiteiro, ameaçando-o com seus sabres.

– Precisamos matar dois rebeldes, que estão levando mensagens para juntar um pelotão e contra-atacar nossos homens – explicou o soldado mais velho. – Eles pegaram uma trilha que sobe a montanha de Cashel-na-Gael. Você vai nos mostrar o caminho, velho – ordenou, mostrando a espada para enfatizar suas palavras.

O gaiteiro não disse nada. Apenas apontou uma árvore, na orla do bosque, e os soldados viram que nela estava amarrado um cavalo branco já encilhado, pronto para partir. O velho levantou-se, jogou a gaita de foles nas costas, pegou a tocha, foi até o cavalo, montou e saiu cavalgando rapidamente, seguido pelos cinco soldados.

Conforme subiam a montanha, a floresta ficava cada vez menos densa. Tanto as nuvens como a lua tinham sumido. As estrelas que pontilhavam o céu brilhavam fraco demais para iluminar a noite. Apenas a luz da tocha dançava trêmula na escuridão. Assim, subiram a todo o galope a trilha estreita e desnivelada que levava ao alto da montanha de Cashel-na-Gael. Ao longe, puderam ver, num relance, as chamas que ainda ardiam em Sligo, a vila que tinham incendiado. Sem se conterem nem por um instante, fincaram as esporas com mais força ainda para não se distanciarem da chama da tocha que voava, estonteada, à frente deles. De repente, o gaiteiro freou seu cavalo e apontou para cima.

– Vejam, vejam! É a luz das lanternas! – gritou e recomeçou a galopar a toda a velocidade, balançando a tocha como um louco. – Ouço os cavalos dos mensageiros. Rápido! Rápido, ou eles escaparão!

Os soldados ouviram, de fato, o som de cascos batendo nas pedras ao longe. Dispararam atrás do velho, subindo a montanha pela trilha cada vez mais íngreme. Voavam. Tentaram frear os cavalos, mas os animais não pararam. Tinham enlouquecido. O guia largara as rédeas e, erguendo ambas as mãos, ria e cantava uma velha canção em uma língua há muito esquecida. Os cavalos continuaram em disparada e logo chegaram ao topo da montanha, à beira de um imenso precipício.

Sem se deter, o velho se lançou no espaço, como se a trilha continuasse no céu, galopando no ar, rindo como um demente. Os cinco cavaleiros o seguiram, saltando no vazio, gritando seu desespero. Um instante depois, a montanha ecoou o ruído pesado de corpos se chocando contra as rochas ao pé do precipício: cinco soldados e seus cavalos.

10. Lázaro
Leonid Andreiev

Leonid Andreiev, embora pouco lido atualmente, foi um dos maiores escritores russos entre 1902 e 1917, tão lido e celebrado em seu tempo quanto Liev Tolstói, Fiódor Dostoiévski, Ivan Turguêniev e Anton Tchekov. Dono de uma imaginação febril, sua obra reúne elementos das escolas realista, naturalista e simbolista. O tom predominante é a crítica à burguesia e à nobreza e uma visão das coisas que tende para o pessimismo – reflexos de sua personalidade. Andreiev (1871-1919), que sofria surtos de depressão e tentou se suicidar algumas vezes, a primeira aos 23 anos, empenhou sua disposição mental em analisar a situação existencial da humanidade em uma série de contos de cunho social. Suas histórias são quase sempre centradas no homem comum, nos humildes, que representam a própria humanidade confusa e dividida. Uma humanidade presa a forças maiores, que sofre porque as pessoas se isolam umas das outras, porque competem em lugar de cooperar, porque se machucam umas às outras com armas e mentiras.

Certo misticismo, certo reconhecimento do mistério que envolve o mundo é o pano de fundo de suas tramas, levando homens e mulheres a perceber e buscar uma verdade e uma consciência mais elevadas. Por vezes, a mente de Andreiev se volta para o bizarro, o horrível, o sobrenatural. Em "Lázaro", conto escrito em 1906, ao retratar o estranho retorno do personagem bíblico que ressuscitou com um milagre operado por Jesus Cristo, Andreiev produz um *insight* sobre a morte, lírico e profundo.

Para criar seu personagem, Andreiev se baseou no cristianismo ortodoxo, no qual Lázaro se torna bispo depois de sua ressurreição. Também o poeta francês do século XV George Chastellain (1405?-1475) se baseou na tradição de um Lázaro triste, apático: "Ele, a quem Deus ergueu, fazendo-lhe grande graça, o ladrão, irmão de Maria, não tinha depois nada além de tormentos e sofrimentos, temendo o que teria de passar novamente". Embora o Lázaro de Andreiev não tenha se tornado religioso, como o santo ortodoxo e o personagem de Chastellain, nunca mais voltou a sorrir.

Apesar de o conto aparentemente começar como uma celebração da vitória da vida sobre a morte, acaba por revelar o lado sombrio da existência, habitado pela presença da morte como uma nuvem de tempestade pairando o tempo todo sobre nossa cabeça.

Mas a volta dos mortos ao mundo dos vivos não é natural, perverte o curso das coisas. A morte é necessária à vida. De fato, ela abre caminho para a existência. Se homens, animais e plantas não morressem, não haveria espaço para o surgimento de novos seres.

Em sua história, Andreiev tece, com palavras, a linha divisória entre a vida e a morte que permeia nossa existência e revela o temor sempre presente de que o fim nos surpreenda ou a alguém querido.

Primeiro, os parentes de Lázaro o recebem festivamente, como se a morte pudesse ser superada. Mas a mensagem que ele traz do outro lado da vida é sinistra. De fato, ninguém engana a morte. E Lázaro é a morte em vida. Aonde quer que vá, lembra aos outros o fato inevitável que todos nós iremos encarar mais cedo ou mais tarde. E a lembrança incomoda. Lázaro trouxera com ele a indiferença com a qual o fim da existência envolve aqueles a quem toca. E a indiferença é um dos sentimentos mais desumanos – um sentimento que emana de todos os fantasmas.

Lázaro, apesar do milagre de ter sido chamado do sono eterno, será sempre aquele que espelha a morte, que lembra que ela é onipotente, onipresente e inevitável. Esse conhecimento amarga a vida – e o contágio se faz pelo olhar de Lázaro, pelos olhos que viram o outro lado da existência.

LÁZARO
Leonid Andreiev

I

Quando Lázaro ressuscitou, depois de passar três dias e três noites sob o enigmático sono da morte, e retornou à sua casa, ninguém percebeu suas sinistras bizarrices, as quais, com o tempo, viriam a tornar seu nome sinônimo de terror.

Suas irmãs, Marta e Maria, sua família e amigos, todos se alegraram ao vê-lo de volta à vida. Queriam agradá-lo e lhe dispensavam toda a atenção. Suas irmãs e amigos o vestiram com roupas alegres, com as cores da esperança e da felicidade. Eram as roupas e as cores de um noivo. Os parentes e vizinhos não paravam de oferecer banquetes em sua homenagem. As pessoas olhavam Lázaro e choravam, emocionadas. Vinha gente de longe para ver o homem que se erguera dos mortos. A casa de Maria e de Marta ficou movimentada como uma colmeia.

As marcas em seu rosto e a estranheza de seus gestos eram explicadas como sinais da doença grave que o levara à morte. A decomposição havia sido interrompida pelo milagre da ressurreição, mas tinha sido iniciada, e as marcas que deixara no cadáver continuavam. Sua tez adquiriu o tom azulado dos mortos. A pele ressecada repuxou as unhas arroxeadas, dando-lhes a aparência de garras, e os lábios, projetando os dentes incisivos e caninos para fora da boca, conferiam a ele um aspecto de fera. Os lábios tinham inchado durante o sono da morte e rachado em alguns lugares, salpicados com feridas negras. Seu corpo também inchara na tumba e se mantivera assim. Era possível sentir a presença do horrível líquido da decomposição. No entanto, com o tempo, o fétido odor que exalava do corpo e das roupas de Lázaro desapareceu, o azul de sua pele adquiriu um tom mais pálido e menos cadavérico e as feridas nos lábios fecharam, apesar de nunca terem desaparecido completamente.

Além das mudanças na aparência, a personalidade de Lázaro também se transformou. Antes de morrer, ele era alegre e despreocupado. Gostava de rir e de uma boa piada. Era por causa dessa alegria espontânea, semelhante à das crianças, que o Mestre gostava tanto dele. Agora, porém, Lázaro se tornara taciturno. Não brincava mais nem ria das piadas que lhe contavam. As palavras com que se expressava eram as mais simples e mais básicas, desprovidas de significado. Era quase como o som que os animais fazem para expressar sede, fome, aflição ou satisfação. Palavras necessárias, mas que não revelavam as dores e os prazeres que habitam as profundezas da alma.

E foi assim, com o rosto e o corpo de um cadáver que por três dias e três noites esteve sob o poder da morte, lúgubre e taciturno, mas ainda sem que ninguém notasse por causa do milagre e da alegria de tê-lo de volta, que Lázaro sentou-se à mesa do banquete que as irmãs fizeram em sua homenagem. Todos estavam felizes. Lançavam olhares amorosos em direção ao seu rosto coberto com um véu, ainda frio com o gelo do túmulo. Um amigo acariciava sua mão inchada, azulada. A música de flautas e tímpanos era acompanhada pelos risos dos convidados. Era como se grilos cricrilassem e pássaros gorjeassem sobre a casa de Marta e Maria.

II

Um dos convidados ergueu o véu que cobria o rosto de Lázaro, revelando sua fealdade cadavérica, e fez a pergunta que todos queriam fazer:

— Por que não nos conta o que aconteceu no além?

As pessoas se calaram, aguardando, atentas, a resposta. Até mesmo os músicos pararam de tocar. Mas Lázaro não disse nada.

– Não quer nos contar? – insistiu o homem. – O além é assim tão terrível?

Essas palavras causaram mal-estar entre os convidados de Marta e Maria. Todos temiam o que Lázaro iria contar. Ele, porém, continuou em silêncio, olhos baixos, frio e carrancudo. E, pela primeira vez, as pessoas notaram a cor de cadáver em seu rosto e o repulsivo inchaço de seu corpo. O silêncio dominou o lugar. Um silêncio tão denso que era quase possível pegar.

– Você não quer nos contar? – voltou a perguntar o homem que descobrira o rosto de Lázaro.

Por alguns momentos, Lázaro continuou olhando o chão, em silêncio. Então, ergueu lentamente a cabeça e lançou um olhar que abrangia todos os presentes, um olhar cheio de cansaço e horror vindo de olhos que haviam visto a morte.

Foi a partir do terceiro dia depois que Lázaro foi chamado dos mortos que as pessoas começaram a falar do seu olhar nefasto. Nem os que foram afetados para sempre por esse olhar nem os que perderam toda a vontade de viver ao ver o fundo dos olhos de Lázaro conseguiam explicar o horror que havia naquelas pupilas. Lázaro olhava, calma e simplesmente, sem nenhum desejo de ocultar qualquer coisa e sem intenção de falar. Olhava de um jeito frio, como se fosse totalmente indiferente a quem estava vivo. O sol não parava de brilhar, as fontes não paravam de borbulhar e o céu continuava claro e sem nuvens, mas a pessoa sob o encanto do enigmático olhar de Lázaro – o olhar de quem viu o além – não escutava mais a fonte, nem via o sol ou o céu. Alguns irrompiam em um choro triste; outros se desesperavam e começavam a gritar pedindo ajuda. O mais comum, porém, era que aqueles que viram os olhos de Lázaro começassem a morrer. Vagarosamente, silenciosamente. Eles se deprimiam, tornavam-se apáticos, perdiam as cores, a vivacidade e secavam como um corpo no deserto.

Depois das festas e celebrações que comemoraram a ressurreição de Lázaro, depois de as pessoas terem percebido as marcas da morte em seu corpo e visto o horror em seu olhar, elas começaram a se afastar dele. E ele ficou sozinho.

III

Ninguém mais cuidava de Lázaro. Nem parentes nem amigos o procuravam mais. E o deserto ao redor da cidade santa invadiu sua casa, sentou-se no sofá, apagou o fogo de seu fogão. Todos o deixaram. Até mesmo as irmãs esqueceram-se dele. Maria foi a primeira a partir. Durante algum tempo, porém, Marta permaneceu ao seu lado, pois sabia que ninguém o alimentaria, tampouco cuidaria dele. Mas uma noite, quando o vento assobiava no deserto e os ciprestes acariciavam o telhado da casa, ela se vestiu em silêncio e foi embora. Lázaro ouviu a porta da casa bater quando Marta saiu. Ele, porém, não se levantou de onde estava. Tampouco olhou na direção da irmã que o abandonava. Ficou a noite toda onde estava, ouvindo o vento curvar os ciprestes, escancarar as portas e janelas e deixar o deserto entrar em sua casa.

Todos se afastavam dele quando o viam nas ruas. Era como um leproso e, como se fazia com os leprosos, alguém propôs amarrar um sino ao redor de seu pescoço. Dessa forma, ao escutar o sino de Lázaro, as pessoas podiam evitá-lo antes de vê-lo. Mas alguém se lembrou de como seria horrível ouvir o sino de madrugada, tocando debaixo da janela, e a ideia foi posta de lado.

Os vizinhos, temendo algo que não sabiam definir, alimentavam-no. Mandavam comida por meio das crianças, tão indiferentes a Lázaro quanto ele a elas. Sem cuidado, sua casa logo se tornou uma ruína, e suas roupas – as coloridas vestimentas que as irmãs lhe deram quando ele retornou da mansão dos mortos – viraram trapos.

Nas horas mais quentes do dia, quando o sol do deserto é tão cruel que até os escorpiões se recolhem às sombras, Lázaro sentava-se no pátio, banhando-se na luz escaldante. No tempo em que as pessoas ainda falavam com ele, alguém lhe perguntou:

– Você gosta de ficar olhando para o sol?

– Sim – respondeu laconicamente.

O frio que sentiu durante os três dias nos quais passou na tumba foi tão intenso, a escuridão tão imensa, que não havia calor suficiente para aquecê-lo, nem esplendor que dissipasse a sombra que cobria seus olhos. E quando o sol se punha, Lázaro caminhava em direção ao coração do deserto, seguindo o disco escarlate tentando fazer com que a noite não chegasse. Algumas pessoas curiosas seguiram Lázaro através do deserto e a imagem daquele homem inchado, como um cadáver no início do processo de decomposição, contra o sol poente ficou impressa em suas retinas pelo resto dos dias.

Forasteiros vinham de todas as partes para ver Lázaro. Guerreiros com armas brilhantes, jovens risonhos, mercadores ocupados, sacerdotes piedosos, todos vinham ver Lázaro. Mas uma estranha mudança se processava nos visitantes, a ponto de os habitantes da cidade santa serem capazes de distinguir aqueles cuja alma tinha sido tomada pela terrível sombra que viam no fundo dos olhos de Lázaro.

Poucos entre eles tinham o desejo de falar. Os que o fizeram, disseram que tudo o que era antes tangível se tornara vazio e opaco, como se fosse sombra. Explicavam que era como a escuridão que envolve o cosmos, que não se dispersava com o brilho do sol, da lua ou das estrelas. Era uma escuridão imensa, que abraçava toda a Terra. Entrava em todos os corpos, metais e pedras, envolvendo tudo no vazio. Templos, palácios, cidades inteiras, homens e mulheres se tornavam vazios, como sombras. Em lugar de começos, viam o fim. Em lugar da vida, a morte.

IV

Naquele tempo, havia em Roma um famoso escultor. Ele gravava corpos e feições de mortais e imortais em mármore, bronze e argila — obras tão belas que diziam ser eternas. Mas Aurélio — esse era o nome do escultor — não estava satisfeito com o que tinha produzido e dizia que havia algo ainda mais belo, algo que não podia ser reproduzido em pedra ou metal. Dizia que suas peças não tinham vida, tampouco, alma. Sua maior frustração era não conseguir capturar o brilho do sol ou da lua no mármore.

Quando ouviu falar de Lázaro, consultou a esposa e os amigos e decidiu ir à Judeia para ver o homem que, milagrosamente, ressuscitou. Esperava que a viagem lhe trouxesse novas inspirações. Não se preocupou com o que lhe disseram sobre o olhar de Lázaro. Havia refletido muito sobre a morte. Temia-a como qualquer ser humano, mas conformava-se com o destino inevitável de todos nós. O melhor era aproveitar a beleza da vida. Tão imbuído dessa beleza vivia o escultor, que achou que seria capaz de recuperar a alma de Lázaro, da mesma forma que seu corpo tinha sido recuperado da morte. E, com essa disposição, fez a longa viagem entre Roma e Jerusalém.

Aurélio encontrou Lázaro no momento em que o sol se punha e ele saía pelo deserto atrás do disco de luz. O escultor estava acompanhado de um escravo armado.

– Lázaro! – chamou.

Lázaro se virou e viu um homem vestido com roupas luxuosas, enfeitado com pedras preciosas que luziam no poente. Baixou os olhos e esperou. O romano se aproximou e o observou como quem vê uma atração no circo.

– Vim de longe para conhecê-lo – explicou o escultor. – Não o temo, nem entendo por que o temem. A morte deixou sua marca em você, bem vejo, mas soube que nunca fez mal a ninguém. Permita-me passar a noite em sua casa. Já é tarde e não tenho onde ficar.

Desde que ressuscitara, nunca ninguém tinha pedido a Lázaro para se hospedar em sua casa.

– Não tenho cama – respondeu Lázaro.

– Não há problema. Fui soldado e posso dormir sentado – insistiu o romano. – Podemos acender o fogo.

– Não tenho fogão.

– Então, podemos conversar no escuro. Você tem algum vinho em casa?

– Não...

O romano riu.

– Agora entendo por que você é tão sombrio e não gosta tanto da sua segunda vida! Não tem vinho! Mas passaremos sem ele.

Com um sinal, o escultor dispensou o escravo e ficou sozinho com Lázaro. Recomeçou a falar, mas parecia que a vida tinha abandonado suas palavras. Elas saíam vazias de sua boca, geladas e secas. O sol acabou de se pôr e os dois foram envolvidos pela sombra do deserto. O romano começou a reclamar do frio, da falta que o fogo fazia e da escuridão. Mesmo sem ver nada, ele sentiu os olhos de Lázaro pousados nele.

– Se não estivesse tão escuro – disse o escultor –, eu diria que você está me encarando... Por que você me olha? Posso sentir... Mas você está rindo... – Aurélio ficou um pouco embaraçado ao sentir os olhos de Lázaro pousados sobre ele. – Vai ser bom quando o sol voltar amanhã... Sou um grande escultor, ao menos é o que meus amigos dizem. Eu crio, dou vida ao mármore frio... Por que você me toca, Lázaro?

– Venha – respondeu Lázaro. – Você é meu convidado.

Lázaro e Aurélio entraram na casa e as sombras da noite os envolveram.

No dia seguinte, cansado de esperar, o escravo do escultor foi à procura de seu mestre. A manhã já quase terminara quando chegou à casa de Lázaro. Entrando na sala, viu Aurélio sentado ao lado de seu anfitrião. Ambos olhavam o sol. O escultor estampava uma expressão que assustou o escravo.

— Mestre, o que lhe aflige? – perguntou temeroso.

Aurélio voltou para Roma naquele mesmo dia. Permaneceu em silêncio, ensimesmado, a viagem toda. Examinava com atenção tudo à sua volta – as pessoas, o navio, o mar, como se estivesse se esforçando para lembrar algo. Durante a travessia, seu navio enfrentou violenta tempestade. O tempo que durou a tormenta, Aurélio permaneceu no convés, observando as ondas chocarem-se contra a embarcação. Quando chegou em casa, sua família ficou apreensiva com a mudança que tinha sofrido. Aurélio, que partira trajando vestes luxuosas, os dedos rebrilhando com anéis e o peito reluzindo o ouro das suas correntes, parecia agora um mendigo. A roupa suja e rota era a mesma que usava na noite que passou com Lázaro. Aurélio não a tirara desde então. Mas ele os acalmou.

— Encontrei! Encontrei a inspiração que buscava! – garantiu.

Sem esperar um momento, Aurélio se lançou ao trabalho. Estava tomado por um frenesi criativo. Mal comia, pouco dormia e não admitia ninguém no estúdio. O dia inteiro e grande parte da noite, ele talhava o mármore tentando gravar na pedra a visão que tivera ao estar com Lázaro. Por fim, em uma manhã, avisou que tinha terminado. Mandou chamar seus amigos e os maiores críticos de arte de Roma para conhecer sua criação. Vestiu-se bem, enfeitou-se com ouro e joias e foi receber seus convidados.

— Vejam! Eis aqui minha criação – anunciou, descobrindo a estátua.

A plateia que se reunira no estúdio ficou perplexa. Olharam-se uns aos outros pensando que Aurélio tinha enlouquecido. Sua criação era uma coisa monstruosa. Sobre um galho, repousava uma massa disforme, cega, feia, algo inconcebivelmente distorcido, uma louca junção de fragmentos bizarros que pareciam querer inutilmente separar-se uns dos outros, lembrando vagamente a figura de um homem. Sob uma das estranhas projeções da estátua, havia uma borboleta esculpida com incrível maestria. As asas transparentes tremiam como se ela estivesse tomada pelo impulso de voar.

— Para que essa linda borboleta, Aurélio? – alguém perguntou, hesitante.

— Não sei... – murmurou o escultor.

Era preciso dizer a verdade e um dos seus amigos – um daqueles que realmente se importava com ele – falou:

– Isso é monstruoso, Aurélio. Esse horror tem de ser destruído. Dê-me o martelo.

E com dois golpes o amigo destruiu o homem monstruoso, deixando intocada apenas a delicada borboleta, como se fosse uma alma libertada do mármore.

A partir de então, Aurélio não criou mais nada. Olhava com indiferença suas antigas esculturas, verdadeiras evocações à beleza. Os amigos tentaram ajudá-lo a encontrar a antiga alegria. Levaram-no para ver as obras de outros artistas, mas Aurélio permaneceu imóvel, sem falar, sem sentir qualquer impacto pelas coisas belas que via. Seus amigos insistiram, chamando a atenção para esta ou aquela peça, ou para o pôr do sol que tingia o céu e as nuvens com cores improváveis. Depois de muito ouvir, Aurélio replicou, indolente, enfastiado:

– Mas tudo isso é uma mentira.

Desde que voltara de Jerusalém, Aurélio sentava-se no seu magnífico jardim na hora mais quente do dia, o rosto exposto ao sol. Insetos zumbiam ao seu redor ao som da fonte – um sátiro bêbado de pedra que jorrava água pela boca –, mas o escultor permanecia imóvel, como um reflexo daquele com quem estivera nos limites do deserto, sempre sentado sob o sol ardente.

V

A fama do homem que esteve morto por três dias e três noites se espalhou a ponto de o próprio Augusto querer conhecê-lo. Assim, chamou-o à sua presença. Os mensageiros do imperador vestiram Lázaro com roupas solenes, roupas de noivo, como aquelas que o vestiram quando voltou dos mortos. Parecia que todos o viam prometido a uma noiva desconhecida e terrível.

Durante a viagem, o caminho de Lázaro esteve sempre vazio, como se todas as coisas vivas se afastassem dele. Até mesmo o mar permaneceu imóvel sob o casco do navio que o levou a Roma – imóvel como algo morto. Lázaro pisou na Cidade Eterna com a indiferença da morte. Nada o impressionou, nem a riqueza dos palácios, nem a vida refinada da capital do mundo antigo. Mulheres riam seu riso de pérola, filósofos bêbados discursavam para ouvintes sóbrios que bebiam suas palavras, o som de cascos nas pedras do pavimento juntava-se à cacofonia que era a voz da grande cidade. E, no meio disso tudo, Lázaro caminhava – uma atmosfera de tristeza e angústia ao seu redor.

Em dois dias, Roma inteira já sabia sobre o homem que voltara dos mortos e, como Augusto estivesse ocupado para recebê-lo, muitos quiseram vê-lo. Um rico hedonista convidou Lázaro para beber. Achava que o álcool faria Lázaro rir novamente ou o transformaria em uma figura ainda mais bizarra. Mas foi o hedonista que, depois de olhar Lázaro nos olhos, perdeu o interesse pelos prazeres sensuais.

Algo semelhante aconteceu com um jovem casal que achava que o amor que tinham um pelo outro seria suficiente para afastar a sombra da morte. Receberam Lázaro em sua casa.

– Olhe para nós, Lázaro – disseram. – Existe algo mais forte que o amor?

E Lázaro olhou. E eles continuaram se amando pelo resto das suas vidas, mas sua paixão tornou-se sombria e aflita, misturando lágrimas a beijos, prazer a dor, habitantes de um limiar sempre sombrio entre a promessa de vida e a proximidade da morte.

Então, Lázaro foi levado à casa de um sábio presunçoso, que lhe disse:

– Já vi todos os horrores que a vida tem para revelar. Você conhece alguma coisa que possa me assustar?

Quando Lázaro ergueu os olhos para o sábio, este soube que conhecer o horror não é a mesma coisa que viver o horror, e que a visão da morte não é a morte. Soube também que sabedoria e estupidez são iguais frente ao infinito, pois o infinito não as reconhece. Desapareceu de sua cabeça a linha que separa o conhecimento da ignorância, a verdade da falsidade, e pensamentos sem forma pairaram suspensos no vazio da sua mente. E o sábio murmurou, cabisbaixo:

– Não consigo pensar! Não consigo pensar...

Pela Cidade Eterna se espalhou o rumor de que o olhar indiferente daquele que havia se erguido dos mortos esvanecia todo o significado e a alegria da vida. Dizia-se que seria perigoso o imperador vê-lo, que era melhor matá-lo, enterrar seu corpo em um lugar distante e dizer a Augusto que ele tinha desaparecido. Já havia gente disposta a assassiná-lo, quando o imperador ordenou que Lázaro fosse trazido à sua presença na manhã seguinte.

Os assessores de Augusto, preocupados com a impressão que Lázaro pudesse causar no imperador, subtraindo com o olhar toda a sua vontade e entusiasmo, trouxeram barbeiros e maquiadores que trabalharam toda a noite tentando melhorar a triste fisionomia. Apararam, pentearam e perfumaram sua barba. Com maquiagem, esconderam a cor cadavérica da pele e as rugas vincadas pelo *rigor mortis* no rosto.

Lázaro se submeteu com indiferença a tudo o que lhe fizeram. Apesar do esforço e de terem conseguido, de fato, transformar sua aparência, fazendo-o parecer não alguém que tinha visto a morte, mas um venerável ancião, os maquiadores não conseguiram mudar os olhos de Lázaro, duas lentes escuras através das quais o além espiava os vivos.

VI

Lázaro não se impressionou com a beleza e o fausto do palácio de Augusto. Era como se não notasse diferença entre sua casa em ruínas na beira do deserto e o majestoso edifício onde era recebido. Era como se o mármore no qual pisava fosse como a areia, e as pessoas bem-vestidas pelas quais passava não estivessem ali. Ninguém olhava Lázaro nos olhos, temendo a influência nefasta que tinham. Baixavam a cabeça até o som de seus passos diminuir na distância dos corredores. Então, olhavam entre curiosos e temerosos a figura inchada de um velho alto e meio encurvado que penetrava no interior do palácio imperial – o homem que, embora estivesse vivo, tinha conhecido a morte.

Augusto o esperava. Ciente de seu poder, confiante na sua força, recebeu Lázaro pessoalmente.

– Não erga os olhos para mim, Lázaro – ordenou assim que o visitante entrou. – Ouvi dizer que seu rosto é como o da Medusa, que transforma em pedra quem o vê.

Augusto examinou com curiosidade e certo temor o homem de cabeça baixa na sua frente, vestindo roupas estranhamente festivas e com o rosto carregado de maquiagem – o homem que tinha voltado do país da morte. Então disse:

– Você não parece assim tão terrível. Mas tanto pior para nós, se o horror assumir um aspecto assim tão calmo e venerável como o seu – riu o imperador. – Venha, vamos conversar.

Augusto fez algumas perguntas triviais ao convidado; então, quis saber quem era ele.

– Sou aquele que esteve morto – respondeu Lázaro.

– Mas quem é você agora? – insistiu o imperador.

Lázaro continuou em silêncio até responder com apatia e cansaço:

– Sou aquele que esteve morto.

– Ouça, estranho – começou Augusto, dando vazão à repulsa que começava a sentir –, meu reino é da vida, meus súditos são os vivos, não os mortos. Não quero saber o que você viu, nem quero conhecer suas verdades. Abençoada seja a vida! – exclamou enquanto abria os braços como se estivesse invocando um deus. – A divina vida!

Lázaro permanecia em silêncio, olhando o chão. Augusto continuou, cheio de ira.

– Sua presença é indesejável, resto miserável do banquete da morte. Você traz luto e tristeza. A sua verdade é como uma espada enferrujada nas mãos de um assassino. E, como assassino, você deve ser executado.

Augusto fez uma pausa e se acalmou. Pensou um pouco e continuou:

– Antes, porém, deixe-me olhar seus olhos. Talvez apenas os covardes sejam influenciados pelos reflexos do que eles já viram. Talvez, nos bravos, eles despertem a sede por conquistas. Se assim for, você será recompensado em vez de executado. Olhe para mim, Lázaro!

E Lázaro olhou. De início, pareceu a Augusto que era um amigo que o olhava, tão calmo e fascinante era o olhar de Lázaro. Não transmitia horror, mas relaxamento e uma sensação de infinito. Mas essa sensação, agradável de início, começou a angustiar Augusto, e ele sentiu um peso no coração.

– Dói – disse o imperador, empalidecendo.

Mas continuou a olhar nos olhos que viram a morte. Eram como duas sombras que se expandiam, empalidecendo o sol, violentando a terra, obliterando o céu. O coração congelado do soberano não doía mais. Enquanto Lázaro continuava olhando fundo nos olhos de Augusto, o tempo pareceu parar. O império se esfacelou, assim como o próprio imperador. Roma ruiu, e uma nova cidade se ergueu sobre suas ruínas, e novamente foi engolida pelo vazio. Cidades, países e impérios desapareciam na escuridão do tempo, tragados pela indiferença da morte.

– Chega! – ordenou. – Você tirou a vida de mim, Lázaro – disse com uma voz fraca.

E essas palavras o salvaram. Ele se lembrou do povo que deveria reger e uma dor ferrou seu coração coberto de indiferença. Foi tomado de compaixão.

— Estamos todos condenados a morrer — falou para si mesmo. — Serenas sombras na escuridão do infinito, frágeis barcos contendo um coração que só conhece dor e alegria...

Augusto oscilou entre a vida e a morte, mas vagarosamente pendeu para o lado da vida, encontrando, em seus sofrimentos e alegrias, uma proteção contra o vazio e o horror do infinito. Naquela noite, o soberano comeu e bebeu com disposição. Vez ou outra, uma sombra de angústia apagava o brilho de seus olhos. Era a onda fria do horror que havia visto e sentido e que o acompanharia até o fim, como um espectro que aparecia somente à noite, deixando os problemas e os prazeres da vida para a luz do dia.

Na manhã seguinte, Lázaro foi levado para o carrasco. Mas Augusto não ousou matá-lo. Em vez disso, o carrasco o cegou com um ferro em brasa. Dessa forma, acreditava Augusto, seu olhar não traria mais a sombra da morte para quem o encarasse. Então, foi mandado de volta para Jerusalém.

Lázaro retornou ao deserto, onde foi recebido pelo assobio do vento e pelo sol escaldante. De novo, ele se sentava no pátio de sua casa, na hora mais quente do dia, os dois buracos negros onde antes havia olhos voltados para o céu. Ninguém se aproximava dele. Havia muito tempo que seus vizinhos tinham se mudado. Ao cair da noite, Lázaro se punha a seguir o sol pelo deserto. Tropeçava nas pedras do caminho e caía. Então, levantava-se e continuava atrás do calor da vida.

Uma noite, ele não voltou.

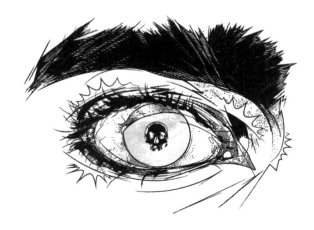

11. O Rio das Tristezas
Pu Songling

A literatura popular chinesa, tão pouco conhecida no Ocidente, produziu diversos romances e contos que lançam luz sobre os usos e costumes desse povo milenar. Um dos gêneros mais apreciados no país é o *Chuangi*, histórias sobrenaturais, repletas de magos taoístas, fantasmas apaixonados, vampiros sedentos de sangue, raposas mágicas que se transformam em belas mulheres, gênios e outros seres. São contos em que a fronteira entre a realidade e o fantástico é tênue ou inexistente. Histórias que relatam crenças, evocam criaturas lendárias, ensinam sobre a alma superior, ou *huen*, que deixa o corpo depois da morte ou durante o sono. Falam também da alma inferior, o *p'ai*, que continua no corpo mesmo depois de seu fim e, por vezes, é tão forte que impede o cadáver de apodrecer.

Entre os *chuangi* mais celebrados, estão as *Estranhas Histórias de Liaozhai* (por vezes traduzido como *Estranhas Histórias de um Estúdio Chinês*), colecionadas e recontadas na segunda metade do século XVII por Pu Songling (1640–1715), um professor da cidade de Zibo, na província de Shandong. São cerca de quinhentos contos fantásticos, nos quais Pu Songling lança mão do sobrenatural e do inexplicável para criticar a corrupção e a injustiça de sua sociedade e condenar o comportamento imoral. O próprio Pu, filho de uma família de mercadores empobrecidos, sofreu com a corrupção. Sem ter como pagar os elevados subornos aos oficiais responsáveis pelos exames do serviço civil, permaneceu dos 19 aos 71 anos no mesmo posto. Por isso, apesar de fantásticas, muitas das histórias serviram para o autor dar vazão à sua indignação, ao mesmo tempo em que fazia crítica social e criava um retrato de sua época. Contudo, há também, entre os contos que compõem a obra de Pu, os que celebram o amor puro e desinteressado de projeção social entre os jovens. São histórias de fantasmas apaixonados ou de vampiros saudosos que vêm beber o sangue do amado.

A antologia só foi publicada depois da morte de Pu Songling, provavelmente por um de seus netos, em 1740. Autores como Franz

Kafka e Jorge Luis Borges tinham especial apreço pelas histórias de Songling. Borges incluiu uma das estranhas histórias de Liaozhai, "O Convidado Tigre", na *Biblioteca de Babel*, sua coletânea de contos preferidos.

Por representar um clássico da literatura sobrenatural chinesa, a história aqui recontada, "O Rio das Tristezas", muda o eixo dos contos escolhidos para esta antologia, fortemente baseada na tradição literária europeia e norte-americana, escritos, quase todos, com as cores da estética gótica. É, provavelmente, a primeira vez que o texto é trazido ao público brasileiro.

Em "O Rio das Tristezas", Pu Songling ressalta aspectos morais que têm impacto no mundo invisível, o qual permeia e se relaciona com o universo real, cotidiano. O autor deixa claro, igualmente, que não passamos de joguetes nas mãos de forças mais poderosas e incompreensíveis. Forças que atraímos, de um modo ou de outro, e que, por vezes, viram nossa vida de cabeça para baixo. Como aconteceu com Wang, o personagem do conto.

O RIO DAS TRISTEZAS
Pu Songling

A noite sem lua impregnava o caminho para a Cidade de Todas as Virtudes com uma atmosfera lúgubre e desolada. Wang, um pobre carregador, havia se distanciado de seus companheiros e ficara para trás. Agora, andava rapidamente, tentando recuperar o atraso. A paisagem deserta e sombria o fazia lembrar-se de coisas desagradáveis. "Nunca chegarei lá antes da hora do Rato, e minha mulher vai me acusar, de novo, de ter ficado bebendo. Ela nem imagina o peso desta carga!"

Um vento cortante interrompeu seus pensamentos. Sentiu um calafrio, prenunciando perigo. Apertou ainda mais o passo. Estava quase correndo. De repente, seus medos se confirmaram. Dois homens saltaram sobre ele, vindos, cada qual, de um lado da estrada. Prenderam-no com firmeza, imobilizando Wang, que só podia gritar.

– O que vocês querem de mim? Sou um pobre carregador! Estou transportando sal. Nada mais que sal!

Na escuridão, Wang não conseguia distinguir com nitidez os rostos dos captores. Sentia apenas que eram muito fortes. Não adiantava resistir.

– Não queremos o seu sal! – disse um deles. Sua voz era fria, distante. – Viemos das regiões inferiores, do Reino das Sombras, enviados para levar você conosco.

Apavorado, Wang fez novo esforço para se libertar, mas não conseguiu se mover.

– Vocês vêm dos infernos? Eu estou morto? Não pode ser! Por favor, deixem-me avisar minha esposa e me preparar. Voltem amanhã!

– É impossível esperar – respondeu secamente um dos soldados infernais. – O Senhor das Sombras ordenou que levássemos você imediatamente. Há muito trabalho a ser feito. Agora, cale-se e venha!

Um cheiro denso, sufocante, impediu Wang de replicar. Sentiu-se fraco, tonto, e logo desmaiou.

Acordou na margem de um rio. Zonzo, olhou ao redor. Centenas de trabalhadores estavam dentro do rio, com água pela cintura. Alguns cavavam o leito e enchiam os grandes cestos que eram, por sua vez, carregados até as margens. Havia muitos soldados armados com pesados bastões, com os quais batiam nas costas daqueles que paravam de trabalhar, um momento que fosse. Wang assustou-se ao ver que os bastões eram feitos de ossos humanos. "Que lugar é este?", pensou, tomado de terror.

As margens também estavam cheias de gente, e, não passava muito tempo, novas levas chegavam. Esses homens aguardavam, olhando atentos para um magistrado postado atrás de uma grande mesa vermelha com um livro aberto nas mãos. De vez em quando, a entidade infernal chamava o nome de um carregador. Não demorou muito para que Wang fosse chamado.

– Wang, Décimo Filho! – repetiram os soldados, andando entre a multidão.

Wang levantou a mão e dois guardas o agarraram, atirando-o de joelhos diante do magistrado.

– Você tem agido em desarmonia com os desígnios celestiais. Muitas vezes, mente, engana e já chegou mesmo a roubar. Embora o valor fosse pequeno, é um ato hediondo, indigno de um homem de bem.

O magistrado, então, dirigiu-se aos soldados.

– Ao rio com ele!

Sem ter como retrucar, Wang recebeu um enorme cesto e, sem entender o que fazer, foi sendo empurrado em direção ao rio. Na beira, tropeçou e caiu.

– Você tem de limpar o leito do rio! – berrou um dos guardas, cutucando-o com a ponta de seu bastão.

Wang levantou-se, meio tonto por causa da brutalidade com que estava sendo tratado, e começou a retirar o entulho do leito, enchendo seu cesto. A água era vermelha e espessa e fedia muito. Chocado, Wang percebeu que era sangue. A náusea o fez parar um momento e, logo, sentiu o golpe do bastão. O carregador agachou-se de dor e, para não apanhar mais, encheu as mãos com o entulho do leito, depositando-o no cesto. Dessa vez, não conseguiu conter-se e vomitou. No cesto, havia apenas carne podre e ossos quebrados.

Uma saraivada de golpes o fez voltar a trabalhar, retirando aquele horrendo conteúdo do fundo do rio para desimpedi-lo e fazê-lo voltar a correr. Apesar do nojo, do fedor, do impulso quase incontrolável de fugir dali, Wang acabou acostumando-se. Não tinha outra escolha.

Durante dias, trabalhou ininterruptamente. Quando não se esforçava e não era rápido o bastante, apanhava. Nos pontos mais fundos do rio, tinha de mergulhar a cabeça na água, e o sangue denso e a carne podre penetravam sua boca e narinas. Não sentia fome, nem sono, apenas uma tristeza incomensurável.

Wang conheceu muita gente entre os trabalhadores. Vários deles morreram, não suportando os golpes que os guardas desferiam sem parar. Seus corpos eram levados rio abaixo pela correnteza. Quando isso acontecia, Wang empenhava-se ainda mais e pensava, "Se já estamos mortos, por que esses trabalhadores voltaram a morrer?". Não ousava, porém, dar voz àquilo que passava em sua cabeça.

Certo dia, um guarda gritou seu nome, fazendo sinal para que ele fosse até a margem. Wang saiu da água e aproximou-se, temeroso, do soldado. De repente, a paisagem mudou e ele se viu de volta na estrada que ia para a Cidade de Todas as Virtudes. Não fosse pelas roupas ensanguentadas e pelo mau cheiro que exalava de seu corpo, diria que tudo não tinha passado de um sonho. O dia amanhecia, derramando luz sobre o mundo, e Wang sentiu-se inundado por um imenso sentimento de alívio. Estava vivo! Sentia que irradiava alegria e gratidão.

Ainda não tinha se recuperado da empolgação por ver-se vivo e de volta, quando escutou vozes. Logo surgiu, numa curva da estrada, um pequeno cortejo fúnebre, todas as pessoas vestidas com roupas brancas, a cor do luto. À frente delas, chorando e lamentando-se, Wang reconheceu sua esposa.

– Liánhuã! – gritou o nome da mulher com a maior alegria que já sentira.

Liánhuã aproximou-se temerosa, sem reconhecer o marido de imediato. Precisou chegar perto para perceber que era Wang. Ela não conteve um grito, misto de felicidade, espanto e medo.

– Wang! Wang! Você estava morto! O que aconteceu?

Os outros membros do cortejo fúnebre, todos amigos e parentes do carregador, também se aproximaram e, igualmente espantados, encheram Wang de perguntas. Queriam tocá-lo, abraçá-lo, apesar do sangue em suas roupas e do mau cheiro que o impregnava – odor de morte e decomposição.

Wang contou sua estranha história ao grupo estupefato. Passara dias trabalhando no Inferno.

– Mas, Wang – estranhou Liánhuã –, você desapareceu na noite passada e não há vários dias. Fiquei preocupada e segui sozinha, em plena madrugada, o caminho para a mina de sal. Não muito longe da cidade, encontrei você caído. Pensei que estivesse bêbado e, quanto tentei reanimá-lo, vi que estava morto. Não imagina o desespero que senti, Wang. Tão grande quanto a alegria que agora me invade ao ver você vivo. Como sozinha não conseguiria carregar seu corpo, voltei para a cidade, acordei meus quatro irmãos e viemos buscar você.

Voltaram todos, espantados e felizes, para a pequena cidade. Ao chegar a sua cabana, antes mesmo de se banhar e de trocar as roupas fétidas, cobertas de coágulos, Wang ajoelhou-se diante do altar dos seus ancestrais, ofereceu manteiga e arroz e acendeu um incenso. Mais tarde, naquele mesmo dia, foi consultar um sacerdote taoísta. O velho *daoshi* lia a sorte e fazia previsões num parque, sob uma árvore frondosa. Tinha fama de ter dominado a arte da alquimia e se tornado *xian*, um imortal. Wang sentou-se diante dele e o reverenciou. Então, depositou uma moeda em oferenda no prato de esmola e fez sua pergunta. Queria saber que rio era aquele em que tinha trabalhado no Inferno.

– Aquele é o Rio das Tristezas, Wang. Ele corre através do Inferno, mas nasce no mundo dos vivos. Sua fonte são as lágrimas derramadas pelos moribundos. Quando alguém em desespero comete suicídio, seu corpo é levado pela correnteza do Rio das Tristezas até o Reino das Sombras. Mas os suicidas morrem sem derramar uma lágrima sequer. Por vezes, as dores e tristezas do mundo são tantas que as pessoas matam-se aos milhares. O sangue adensa as águas do Rio das Tristezas e os ossos e carnes impedem seu fluxo. O rio transborda e, se não tiver seu leito limpo e desimpedido, pode inundar todo o mundo com o sangue pútrido e a pestilência da morte – explicou o *daoshi*. Então, fez uma pausa e, esperando o silêncio pesar entre os dois, mirou Wang profundamente. – Você não morreu, Wang. Foi chamado para trabalhar no Rio das Tristezas porque só homens vivos podem realizar essa tarefa. É que só os vivos podem trazer alento para a tristeza dos vivos.

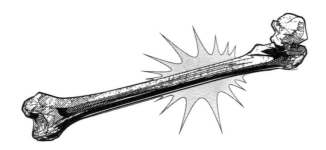

12. O monge negro
Anton Tchekhov

O médico, dramaturgo e escritor russo Anton Pavlovitch Tchekhov (1860-1904) levou o gênero conto a um novo patamar. Apesar de não ter produzido nenhum romance, Tchekhov criou quatro peças teatrais que se tornaram clássicos – *As três irmãs, Tio Vania, O jardim das cerejeiras* e *A gaivota* –, e as inovações que introduziu influenciaram na evolução do conto – e da literatura – moderno. Tchekhov é tido, por exemplo, como um dos criadores do "fluxo de consciência", técnica narrativa usada para mostrar o que se passa na cabeça do personagem. Também conhecido como "monólogo interior", o fluxo de consciência foi muito utilizado por autores modernistas.

Tchekhov começou a escrever quando cursava medicina, por necessidade financeira. E, apesar ter conquistado ainda em vida seu espaço no mundo literário russo, sempre trabalhou como médico. Costumava dizer que "a Medicina é a minha legítima esposa; a Literatura é apenas minha amante".

No começo de sua carreira, Tchekhov escrevia contos humorísticos. Contudo, com o passar dos anos, seus textos foram se tornando mais profundos e adquirindo um caráter, por vezes, pessimista, melancólico. A morte e a doença aparecem como temas frequentes em sua obra – provavelmente, um reflexo de sua própria realidade. Como a mãe, Tchekhov sofria de tuberculose, o que lhe tirou a vida demasiadamente cedo, aos quarenta e quatro anos, no auge da carreira e da existência.

Muitos protagonistas de seus contos sofrem mortes trágicas. Em diversas histórias, a doença é a representação física do desequilíbrio psicológico em que o personagem se encontra. A doença indica, assim, a fragilidade do indivíduo e seu conflito com a sociedade. Mas, apesar do traço biográfico, na verdade, a doença e a morte aparecem nos textos de Tchekhov para retratar a subserviência do homem a forças maiores que sua vontade. De modo geral, seus personagens buscam compreensão, mas fracassam diante da própria incapacidade ou relutância em agir.

"O monge negro" é um de seus primeiros contos; nele, Tchekhov aborda o tema "esgotamento nervoso e saúde mental". A trama se desenrola no limiar entre a fantasia e a realidade, apagando a tênue linha que divide a genialidade da loucura, a autoconfiança da autoilusão.

Uma tarde, em 1890, Tchekhov cochilou e sonhou com um sinistro monge negro. A aparição o assombrou tanto que resolveu escrever uma ficção para capturar a imagem. O conto retrata um dos mais terríveis fantasmas: aquele criado pela nossa própria mente e que nos assombra em todos os lugares, a todas as horas.

Mas, entre sonhar e criar, passaram-se alguns anos. Anton Tchekhov escreveu "O monge negro" em sua chácara de Mielikhovo, em 1893, e a história foi publicada pela primeira vez na edição de janeiro de 1894 do jornal *Artist*, apesar da reserva do editor com relação à qualidade do conto.

Em algumas cartas escritas na época da publicação, Tchekhov comentou sua história. Em uma delas, diz que o leitor "encontrará a descrição de um jovem que sofre de megalomania". Em outra, ao editor Aleksei Suvorin, afirma que é "uma história médica". No entanto, "O monge negro" tem, igualmente, uma inspiração mais pessoal do que o conhecimento médico de Tchekhov. Em uma terceira carta, ao mesmo Suvorin, ele informa que escreveu o conto porque "simplesmente quis retratar as ilusões de grandeza".

A história funde com maestria a realidade e o sobrenatural. Ao contrário de outros contos escritos mais tarde, nos quais o estado nervoso do personagem principal é reflexo de sua consciência perturbada e de suas aspirações sociais, "O monge negro" traz um protagonista que acredita que a loucura valida sua genialidade. Tchekhov propõe, desse modo, que a loucura é uma forma de inspiração. Kovrin, o protagonista, assume sua loucura porque ela lhe traz um estado de alegria absoluta. Ele se sente abençoado por sua condição mental, pois ela o liberta das limitações emocionais e intelectuais.

Mas, se o monge negro se apresenta ao leitor como uma aparição, um fantasma capaz de se metamorfosear, as mudanças que ele provoca no protagonista são, no primeiro momento, positivas. Ele o estimula a confiar em seu trabalho e a se ver como um predestinado. Contudo, a confiança se transforma em egomania, e Kovrin sucumbe. Nada mais é que uma figura trágica, submissa a forças maiores, vivendo uma farsa: a falácia de pretender ser o que não é.

E, no final, a loucura triunfa.

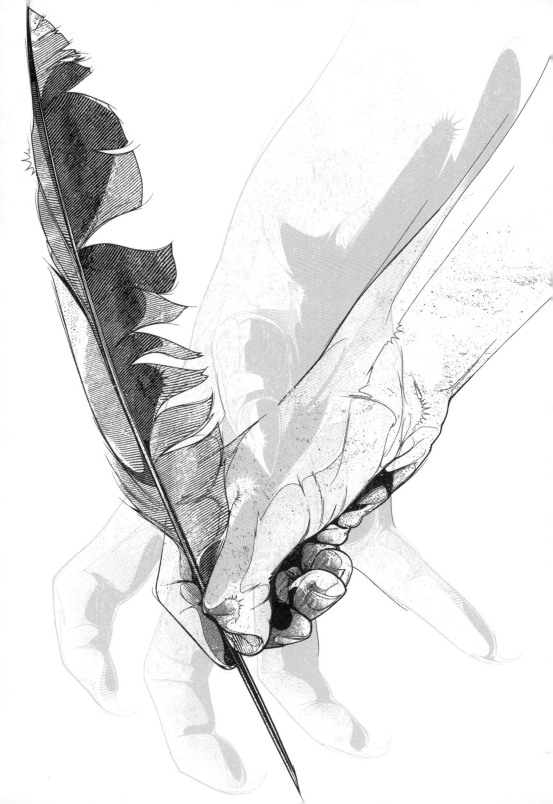

O MONGE NEGRO
Anton Tchekhov

I

Andrei Vassilitch Kovrin acabara de concluir o mestrado em Artes. Pagara, porém, um custo alto: tivera um esgotamento durante o processo. Em vez de ir consultar um médico, tomou uma garrafa de vinho com um amigo que era médico. Este o aconselhou a descansar, a passar a primavera e o verão no campo. Coincidentemente, naquele mesmo dia, Kovrin tinha recebido uma longa carta de Tânia Pessotsk, convidando-o a passar uma temporada com ela e o pai na propriedade da família, em Borisovka, a algumas horas de Moscou.

Em uma manhã de abril, depois de passar algumas semanas visitando a família, Kovrin partiu para a casa dos Pessotsk. Iegor Semionovitch Pessotsk era um fruticultor conhecido em toda a Rússia. Tinha uma casa imensa – precisando de uma reforma –, com um grande jardim em estilo inglês, soturno e severo. Próximo à casa, havia um grande pomar com estufas que cobriam uma área de noventa acres. Era um lugar sempre perfumado e colorido, mesmo com mau tempo. De fato, Kovrin nunca vira rosas, tulipas, camélias mais belas que as cultivadas nas estufas dos Pessotsk.

Chegou à propriedade de seus anfitriões às dez da noite e encontrou Tânia e o pai exasperados. O céu claro, salpicado de estrelas, e o termômetro indicavam que iria gear ao amanhecer. O jardineiro havia ido à cidade, e eles não tinham em quem confiar. Durante o jantar, não falaram em outra coisa além da geada. Combinaram que Tânia não dormiria e iria até o pomar supervisionar o trabalho dos empregados. Iegor, por sua vez, levantaria às três da manhã e substituiria a filha.

Kovrin passou o restante da noite com Tânia e, à meia-noite, acompanhou-a ao pomar. Estava muito frio. Fogueiras queimavam entre as árvores, produzindo uma fumaça negra, densa, acre que serpenteava ao redor dos galhos, impedindo suas folhas, flores e frutos de congelar. Kovrin e Tânia caminharam através das alamedas, verificando o trabalho dos camponeses, ordenando que tomassem estas ou aquelas providências. Foi só quando chegaram perto das estufas que Kovrin pôde respirar livre da fumaça. Ele olhou para a amiga e não resistiu ao comentário:

– Veja só você! Como cresceu! – brincou. – Quando saí daqui, há cinco anos, você era uma criança. Uma criatura magrela, de pernas compridas. Quanto tempo!

– Sim, cinco anos – suspirou Tânia. – Muita água correu debaixo da ponte. Diga-me, Andriusha, de verdade, você sente que mudou alguma coisa entre nós? Sabe, apesar de tudo, do tempo e da distância, quero que você sempre pense em nós como sua família.

– Mas eu acho isso mesmo, Tânia.

– Palavra de honra?

– Sim. Palavra de honra.

– Meu pai adora você. Ele tem orgulho de você, da carreira brilhante que está construindo. Às vezes, acho que ele gosta mais de você do que de mim – riu ela.

O horizonte começava a clarear, indicando que o amanhecer não tardaria.

– É hora de irmos dormir – continuou Tânia, depois de uma pausa. – Obrigada por ter vindo. Nossos conhecidos são tão poucos e tão desinteressantes... Só temos o pomar. É só o pomar, o pomar e mais o pomar. Nossa vida inteira dedicada a esse pomar. Sonho apenas com maçãs e peras. É claro que é lindo e rende um bom dinheiro para nós, mas gostaria de algo diferente de vez em quando, para variar. Sempre penso em quando vinha nos visitar nas férias de verão. A casa parecia se renovar, como se a mobília tivesse sido polida. Eu era pequena, mas já sentia isso.

Tânia continuou falando. Estava entusiasmada. Enquanto a ouvia, Kovrin sentiu que, naquele verão, poderia até se apaixonar por aquela criatura falante, magra e pequena. Alegrou-se ao perceber isso.

Ao chegarem à casa, Iegor Semionovitch já estava de pé. Kovrin não estava com sono. Conversou com o velho e o acompanhou ao pomar. Iegor Semionovitch era um homem alto, corpulento, de ombros largos. Embora sofresse de asma, andava tão rapidamente que Kovrin quase precisava correr. Estava com um ar preocupado, indo com pressa aqui e ali, como se tudo fosse ficar perdido se não se apressasse. Parou um pouco para tomar fôlego, mas continuou falando.

– Você acabou se especializando em Filosofia, não foi?

– Dou palestras sobre Psicologia. Mas, em geral, trabalho com Filosofia.

– E não fica aborrecido?

– Ao contrário. Vivo para isso.

– Bem... Boa sorte – desejou Iegor Semionovitch, cofiando as suíças grisalhas. – Tenho muito orgulho de você, rapaz!

De repente, ouviu alguma coisa que atraiu sua atenção. Seu rosto se fechou em uma expressão dura e raivosa e ele desapareceu rapidamente em meio a uma nuvem de fumaça.

– Quem amarrou o cavalo nesta macieira? – Kovrin ouviu Iegor gritar. – Quem foi o desgraçado que amarrou este cavalo nesta macieira? Vocês fazem tudo errado! Estragam tudo!

Quando voltou ao lugar onde Kovrin o esperava, seu rosto refletia a mortificação que o dominava.

– O que se pode fazer com esses malditos? – começou, com voz inconformada. – Stiopka estava descarregando estrume seco à noite e amarrou o cavalo a uma macieira! Ele amarrou as rédeas o mais apertado que podia e rachou a casca em três lugares!

Iegor Semionovitch se acalmou um pouco e voltou a caminhar pelo pomar com o mesmo passo rápido e a mesma cara preocupada. Enquanto andavam, amanheceu. O sol inundou o pomar com luz e calor. Para Kovrin, aquele amanhecer prenunciava um longo verão.

Foi invadido por uma alegria igual à que sentia em criança, correndo pelo jardim daquela propriedade, quando seus pais o traziam em sua visita anual aos Pessotsk. Os dois voltaram à casa e tomaram chá juntos, unidos por uma emoção nascida da afeição que tinham um pelo outro. Àquele bom momento mesclavam-se as experiências agradáveis do passado – sua memória afetiva –, e Kovrin foi tomado por uma felicidade simples e espontânea.

Não foi dormir. Esperou Tânia acordar e tomou café com ela. Depois, foi caminhar. Finalmente, foi para seu quarto e começou a trabalhar. Examinou textos, fez anotações, olhando às vezes pela janela, repousando os olhos nas flores e árvores, campos, céu e nuvens. Em seguida, voltou a ler. Sentia como se cada célula do seu corpo estivesse repleta de felicidade.

II

No campo, Kovrin trabalhou tanto quanto se estivesse na cidade. Lia e escrevia demais, estudava italiano e, quando parava um pouco para fazer uma caminhada, ansiava em voltar e retomar o trabalho. Dormia pouco e, se por acaso cochilasse meia hora depois do almoço, perdia o sono à noite e passava a madrugada em claro – embora pela manhã estivesse revigorado. Falava muito, bebia demasiadamente e fumava charutos caros.

Tânia recebia amigas com as quais praticava música, cantando e acompanhando-se ao piano e, algumas vezes, ao violino. Às vezes, Kovrin sentava-se na sala de música e as ouvia, mas acabava extenuado, como se as peças e canções o exaurissem. Certa noite, estava na sacada ouvindo Tânia e duas amigas cantarem uma conhecida serenata. Kovrin tentou prestar atenção à letra que, embora fosse em russo, ele não conseguia compreender. Sentiu-se inquieto. Saiu da sacada e ficou perambulando entre a sala de jantar e a de estar. Quando a canção acabou, ele tomou Tânia pelo braço e a levou até a sacada. Estava aflito.

– Passei o dia pensando em uma antiga lenda – começou Kovrin. – Não me lembro se a li em algum lugar ou se alguém me contou, mas é uma fábula estranha... quase bizarra.

Tânia sorriu, intrigada, e ele continuou.

– É meio obscura... Há mil anos, um monge vestido de negro vagava pelo deserto, em algum lugar da Síria ou da Arábia... A alguns quilômetros de onde ele estava, pescadores viram outro monge negro, movendo-se lentamente sobre a superfície do lago. Esse segundo monge era uma miragem. Só que, estranhamente, aquela miragem projetava outra miragem e esta, uma terceira, e assim por diante, de forma que milhares de miragens do monge negro tomaram o céu e ele foi visto ao mesmo tempo na África, na Espanha, na Itália, na Escandinávia... Então, sua múltipla miragem avançou para além da atmosfera da Terra e, agora, projeta-se por todo o Universo, sem nunca desaparecer. A lenda diz que, no dia em que completar mil anos que o monge negro caminhou pelo deserto, a miragem voltará para a atmosfera da Terra e os homens a verão. De acordo com a história, isso é hoje à noite ou amanhã. Quem sabe possamos ver o monge negro?

– Que história esquisita... – comentou Tânia, que não gostou da lenda.

– O mais estranho – riu Kovrin – é que não sei onde ouvi essa fábula. Será que a li em algum lugar? Ou será que a ouvi? Pode ser até que eu tenha sonhado com o monge negro. Juro que não me lembro. Mas a lenda me interessou. Fiquei pensando nela o dia todo.

Tânia fez um comentário qualquer e voltou para os convidados. Kovrin saiu para andar. O sol se punha. Pensativo, passou pelo jardim sem notar o cheiro de terra molhada que subia dos canteiros recém-regados. Tentava obsessivamente se lembrar de onde tinha ouvido ou lido a história do monge negro. Seguiu pelo parque, distanciando-se da casa, e foi em direção ao rio sem notar o caminho. Desceu até a margem por uma trilha íngreme, assustando os patos e os barbilhões que ali estavam.

Os últimos raios de sol iluminavam a copa dos pinheiros, mas a escuridão já tinha descido sobre a superfície do rio. Kovrin atravessou a ponte estreita até a outra margem. Um amplo campo coberto de centeio se abriu diante dele. Não havia casas, muito menos pessoas. Tudo parecia desolado e deserto. Kovrin sentiu que a trilha estreita que cortava o campo desde a ponte o levaria a algum lugar misterioso, desconhecido, onde a noite caía. Ele seguiu pela trilha, sentindo-se tão amplo quanto o campo que se abria diante dele.

Uma brisa leve começou a soprar, ondulando o campo de centeio. O vento começou a ficar mais forte. Kovrin ouvia o assobio na copa dos pinheiros. Então, parou de andar e olhou, surpreso. No horizonte, além do campo, uma coluna se ergueu: era um redemoinho negro, alto e ameaçador. Movia-se com grande velocidade em direção a Kovrin e, quanto mais se aproximava, menor ficava. Kovrin saiu rapidamente da trilha, esgueirando-se para o campo de centeio, tentando sair da frente do vórtice, mas o redemoinho parou diante dele, flutuando a uns cinco metros acima de sua cabeça.

Kovrin distinguiu um monge vestido de negro – rosto pálido como cera, cabelos grisalhos e espessas sobrancelhas negras. O monge olhou para Kovrin, balançou a cabeça num cumprimento e sorriu – um sorriso ao mesmo tempo amigável e malicioso. Então, o monge começou a crescer novamente e voou através do rio, colidindo ruidosamente com os pinheiros na outra margem e passando por eles até desaparecer.

Kovrin estava exaltado. "Não é que a lenda era verdadeira?!", pensou. Sem tentar explicar a estranha aparição, foi tomado por um contentamento quase infantil por ter visto com nitidez não só o hábito negro do monge, mas também seu rosto e seu olhar. Voltou para casa entusiasmado.

Algumas pessoas caminhavam pelo parque e pelo jardim. Na casa, Tânia e os convidados tocavam e cantavam. "Só eu vi o monge negro", concluiu Kovrin. Queria contar a Tânia e a Iegor Semionovitch, porém, refletiu um pouco e achou que, se dissesse a eles, iriam pensar que estava louco ou que delirava e ficariam preocupados. Por isso, guardou o curioso encontro para si. Naquela noite, riu, falou muito, dançou várias mazurcas. Estava enlevado, e todos – Tânia e os amigos – notaram um brilho peculiar nos olhos dele, uma luz radiante e inspirada, e ficaram cativados por Kovrin.

III

Depois do jantar, quando as visitas já tinham ido, Kovrin sentou-se no sofá da sala de estar. Queria pensar sobre o monge negro. Mas, pouco depois, Tânia veio vê-lo.

– Veja, Andriusha – falou entrando na sala. – São os artigos de papai para você ler – disse ela, dando-lhe a pilha de panfletos e provas que trazia. – São muito bons. Papai escreve maravilhosamente.

– Maravilhosamente – riu Iegor Semionovitch, entrando na sala. Estava um tanto embaraçado. – Não ligue para ela. Não precisa ler esses artigos. A não ser que esteja com insônia, porque eles vão fazer você cair no sono.

— Acho que são ótimos — interrompeu Tânia. — Leia-os, Andriusha, e convença papai a escrever mais. Ele poderia escrever um manual completo sobre fruticultura.

Iegor Semionovitch deu uma risada forçada e continuou a se desculpar pela qualidade dos textos. Mas acabou cedendo depois de ouvir os incansáveis protestos da filha.

— Se for mesmo ler, então, comece com estes sobre as técnicas russas — murmurou Semionovitch, passando a Kovrin alguns panfletos. Sua mão tremia. — Antes de ler minhas objeções, deve primeiro saber a que me oponho. Mas são enfadonhos... é perda de tempo. Além do mais, é hora de ir dormir.

Tânia se retirou e Iegor Semionovitch sentou-se na poltrona. Começou a falar do pomar, do trabalho, do esforço e atenção que investia nele.

— Mas para que tudo isso? — concluiu. E continuou, sem esperar a resposta de Kovrin. — O que vai acontecer com o pomar e as estufas quando eu morrer? Ele acabaria pouco tempo depois da minha morte. O único segredo que faz dele um pomar que produz algumas das melhores frutas da Rússia é o fato de eu adorar esse trabalho. Entende? Faço tudo sozinho. Trabalho do amanhecer ao anoitecer. Sou eu quem faz as podas, os enxertos. Eu é que planto. Faço tudo sozinho. Se alguém quer me ajudar, fico irritado, com ciúmes. O segredo é que amo o pomar e o trabalho envolvido. É o olho do dono que faz a plantação crescer. Mas... e quando eu morrer? Quem fará o trabalho? O capataz? Os camponeses? Sim, mas a pior praga para um pomar não são os pássaros nem as lebres. Não. A pior praga são as pessoas de fora.

— E Tânia? — perguntou Kovrin, com um sorriso brincalhão. — Ela conhece e adora o trabalho.

— É verdade — concordou Iegor Semionovitch. — Se depois de minha morte ela continuar com o pomar, será o melhor que pode acontecer. Mas se, que Deus proíba, ela se casar... — Iegor Semionovitch deu um suspiro e baixou o tom da voz antes de prosseguir. — Se ela se casar e tiver filhos, não terá tempo para pensar no pomar. O que mais temo é que ela se case com algum sujeito empertigado que vá deixar o pomar aos cuidados de gente que vá arruiná-lo. E tudo irá para o diabo logo no primeiro ano depois de minha morte.

O velho fez uma pausa. Olhava pensativo para o chão.

– Pode ser egoísmo da minha parte, mas não quero que Tânia se case – concluiu e se levantou, começando a andar pela sala, como se quisesse falar alguma coisa que tinha dificuldade de comunicar. – Gosto muito de você, por isso vou falar com franqueza – disse, enfim. – Você é o único homem com quem eu gostaria que minha filha se casasse. Você é inteligente, tem bom coração e tenho certeza de que não deixaria meu adorado trabalho se perder; mas, principalmente, tenho você como um filho.

Kovrin riu. Iegor Semionovitch abriu a porta da sala.

– Se você e Tânia tivessem um filho, faria dele um fruticultor... mas isso é só o sonho de um velho. – confessou. Então, deu boa-noite e saiu.

Sozinho na sala, Kovrin procurou uma posição mais confortável no sofá e começou a ler os artigos de seu anfitrião. Eram sobre técnicas agrícolas e continham inúmeras objeções aos métodos recomendados pelas "nossas ignorantes autoridades agrícolas". Entre as diversas críticas, lamentava que os camponeses que roubavam frutas não podiam mais ser açoitados. Kovrin continuou a ler os artigos, mas não entendia nada do que lia. Jogou os textos sobre a mesa.

Sentiu-se invadir pelo mesmo entusiasmo que o arrebatara ao anoitecer. Levantou-se e começou a andar pela sala, pensando no monge negro. Concluiu que, se o monge tinha aparecido só para ele, isso significava que estava doente e que começava a ter alucinações. Mas afastou esse pensamento, justificando para si mesmo que se sentia bem.

Tomado pela energia que o animava, voltou a trabalhar. Queria produzir alguma coisa grande, notável. Deitou-se ao amanhecer. Precisava dormir. Quando ouviu os passos de Iegor Semionovitch saindo para o jardim, tocou o sino e pediu que o criado trouxesse vinho. Bebeu várias taças. Então, estirou-se na cama, cobriu-se e caiu num sono pesado.

IV

Iegor Semionovitch e Tânia discutiam com frequência. Certa manhã, trocaram palavras mais ásperas que de costume, e Tânia se retirou em lágrimas para seu quarto. O pai manteve, de início, uma atitude orgulhosa, de dignidade ferida. Queria demonstrar a todos que era ele quem tinha razão. Mas, depois de um tempo, sucumbiu. Ficou deprimido e foi andar pelo parque, sussurrando palavras de arrependimento. Não comeu nada no jantar. Sentindo-se culpado, foi bater à porta do quarto da filha.

— Tânia, Tânia... — chamou tímido.

— Deixe-me em paz, por favor — respondeu ela. Ainda chorava, embora houvesse determinação em sua voz.

O mal-estar entre pai e filha se alastrou por toda a casa. Até mesmo os camponeses o sentiam. Kovrin estava concentrado no trabalho, porém também se viu envolvido pela atmosfera pesada. Foi conversar com Tânia.

— Meu pai estragou minha vida... — chorou ela. — Eu me dedico tanto a ele e só ouço insultos. A briga de hoje foi porque fiz uma sugestão sobre o pomar! — reclamou Tânia.

Kovrin procurou acalmá-la. Acariciando o cabelo da moça, lembrou a ela que, apesar das discussões, Iegor Semionovitch a queria muito bem. Continuou a falar de um modo afetuoso e persuasivo. Ela ainda chorava, seus ombros balançavam conforme suspirava. Enquanto a confortava, Kovrin sentiu pena da condição de Tânia e percebeu que nunca encontraria ninguém que o amasse tanto quanto ela e seu pai. Sua tristeza e fragilidade o atraíam.

Continuou a acariciar o cabelo e os ombros dela, enxugando suas lágrimas até ela parar de chorar. Ela ficou um tempo reclamando do pai e da vida insuportável que levava naquela casa. Pouco a pouco, voltou a sorrir. Lamentou seu mau gênio e disse que era uma tola. Por fim, saiu do quarto.

Depois, quando Kovrin foi até o jardim, encontrou Iegor Semionovitch e Tânia caminhando de braços dados e comendo pão de centeio com sal como se nada tivesse acontecido.

<h2 style="text-align:center">V</h2>

Feliz com o papel que tivera na reconciliação, Kovrin foi até o parque e sentou-se em um banco. Logo, ouviu o som de uma carruagem e de risos. Visitas chegavam. Quando as sombras da noite começaram a cair sobre a casa, ouviu música. Isso o lembrou do monge negro. Onde, em que lugar deste ou de outro planeta aquele absurdo óptico estaria se movendo agora?

Como uma resposta à sua pergunta, um homem de estatura mediana, cabelos grisalhos, com um hábito negro e descalço saiu de trás de um pinheiro sem fazer nenhum ruído. O rosto era da cor de um morto. O estranho acenou com um movimento de cabeça e sentou-se ao lado de Kovrin. Era o monge negro.

Os dois ficaram se encarando por um tempo, o monge com o mesmo sorriso amigável e malicioso, como se estivesse escondendo alguma coisa, que Kovrin notara da primeira vez que o viu.

– Você é uma miragem? – perguntou Kovrin. – Por que está aqui? Isso não corresponde à lenda...

– Isso não importa – respondeu o monge num sussurro, sem voltar o rosto para ele. Então, ergueu a cabeça e fixou seus olhos. – A lenda, a miragem e eu somos produtos da sua imaginação exaltada. Sou uma aparição.

– Então, você não existe?

– Pense o que quiser – disse o monge, dando um sorriso. – Eu existo na sua imaginação, e sua imaginação é parte da natureza; portanto, eu existo. Sou uma entidade natural.

– Não sabia que minha imaginação pudesse criar um fenômeno como esse. Mas por que me olha com tanto entusiasmo?

– É que você é uma dessas poucas pessoas "escolhidas". Você serve à Verdade Eterna. Seus pensamentos, seus objetivos, os estudos notáveis que tem produzido, sua vida, enfim, têm a marca dos que são escolhidos para serem consagrados à beleza, à razão, às coisas eternas. São pessoas que trazem novas perspectivas e novas visões de mundo ao restante da humanidade.

Kovrin gostou do que ouviu. Contudo, ainda estava preocupado com a ilusão.

– Gosto de ouvir você – admitiu, esfregando as mãos com satisfação. – Mas, quando se for, vou ficar remoendo se você é mesmo real ou não. Se é uma alucinação... estou com alguma doença mental?

– E se estiver? Por que se preocupar? – respondeu o monge negro. – Você está doente porque trabalhou demais e está estafado. Mas isso quer dizer que se sacrificou por uma ideia, um ideal. E vai chegar um tempo em que sacrificará a própria vida. O que poderia ser melhor? Essa é a meta que todas as pessoas dotadas de natureza nobre como você almejam.

– Mas se eu estiver mentalmente abalado, como poderei confiar em mim mesmo?

– Você acha que os homens de gênio não viam fantasmas, aparições e todo tipo de manifestações inexplicáveis? O gênio tem um lado igual ao do louco. As pessoas normais, comuns, é que formam o grande rebanho humano, não os gênios.

— Os romanos diziam: "Mente sã em corpo são"... — objetou Kovrin.

— Nem tudo o que os filósofos romanos disseram é verdadeiro — retrucou a aparição. — A exaltação, o entusiasmo, o êxtase separam os profetas, poetas, cientistas do rebanho comum.

— O que quer dizer com "Verdade Eterna"?

O monge não respondeu. Kovrin olhou para ele, mas não conseguiu mais distinguir suas feições. O rosto se dissipava como se fosse de fumaça. A cabeça e os braços desapareceram. O corpo se dissolveu nas sombras do anoitecer.

— A alucinação acabou — riu Kovrin. — Que pena!

Voltou para casa bem-humorado. O pouco que o monge dissera o deixou lisonjeado. Muito lisonjeado. Ser alguém especial, alguém com aptidões para servir à Verdade Eterna, juntar-se à restrita lista de pessoas que contribuíram para o avanço da humanidade era uma condição única que o destacava de todo o restante. Pensou em seu passado, nos anos em que se dedicou ao estudo. Lembrou o que tinha aprendido e o que tinha ensinado e achou que não havia exagero nas palavras do monge.

Tânia veio ao seu encontro.

— Até que enfim encontrei você — disse. — Procurei-o por toda parte... Mas... o que aconteceu, Andriusha? Você está estranho!

— Estou contente, Tânia — respondeu, colocando a mão no ombro dela. — Mais que contente: estou feliz! Tânia, querida, você é uma criatura extraordinária. Estou tão contente, Tânia!

Beijou as mãos dela de modo ardente.

— Como vou ficar sem você quando voltar para casa?

— Ah! — riu ela. — Vai se esquecer de mim em dois dias. Sou uma garota do campo, e você é um homem importante.

— Não! — protestou ele. — Vamos falar a sério. Vou levar você comigo, Tânia. Você vem? Você será minha?

Tânia tentou rir de novo, mas o riso não saiu. Ela ficou vermelha e começou a andar.

— Eu não esperava... não esperava isso — disse, torcendo as mãos.

Kovrin a seguiu, falando sem parar, cheio de entusiasmo.

– Quero um amor que me inunde o tempo todo, Tânia, e só você pode me dar isso!

Ela estava pasmada, trêmula, parecia uma menininha. Ele achou-a linda.

VI

Iegor Semionovitch ficou abalado quando, no dia seguinte, Kovrin contou que havia pedido a mão de Tânia em casamento. O velho passou um longo tempo andando de um canto a outro do quarto, tentando controlar a agitação. As mãos tremiam, o pescoço estava inchado e vermelho. Ordenou que selassem seu cavalo o mais rápido possível e saiu sem destino, a galope. Vendo como chicoteava o animal, Tânia compreendeu o que o pai sentia. Trancou-se no quarto e chorou o dia todo.

Os trabalhos no pomar estavam no período mais intenso. Não paravam de chegar pedidos dos mercados de Moscou, e havia pilhas de correspondência para serem abertas e respondidas. Iegor Semionovitch estava mal-humorado, quase intratável. Reclamava das mínimas faltas dos camponeses, gritando que o melhor a fazer era meter uma bala na própria cabeça.

Depois, veio a correria com o enxoval, ao qual tanto Tânia quanto o pai atribuíam grande importância. Não bastasse a confusão de mulheres correndo de um lado para o outro e os caprichos da costureira, ainda havia as visitas, que apareciam quase todos os dias. Mas tudo isso passou rápido demais.

Tânia sentia que o amor e a felicidade a tinham pegado de surpresa – embora acreditasse, desde que tinha quatorze anos, que Kovrin, e ninguém mais, seria seu marido. Estava embriagada de alegria. Mal acreditava que podia ser tão feliz. Às vezes, porém, lembrava-se de que em menos de um mês teria de deixar seu lar e seu pai e se entristecia. Em outras ocasiões, sem saber o porquê, era assaltada pela ideia de que era insignificante e de que não merecia um homem importante como Kovrin. Quando se sentia assim, ia para o quarto, trancava-se e chorava até esquecer o motivo da tristeza. Em meio às visitas, Tânia achava Kovrin muito mais bonito do que era de fato e acreditava que todas as mulheres estavam apaixonadas por ele e a invejavam. Sentia-se orgulhosa, como se tivesse conquistado o mundo. Mas se ele apenas sorrisse para alguma moça, era tomada de ciúme, trancava-se no quarto e vertia ainda mais lágrimas. Passava os dias aérea, como se não visse nada em sua frente.

O mesmo acontecia com Iegor Semionovitch. Trabalhava do amanhecer ao anoitecer, sempre com pressa, sempre mal-humorado. Mas também ele passava os dias como se estivesse sonhando acordado. Parecia ser dois homens diferentes: um, enérgico, que se dedicava ao trabalho com vitalidade; o outro dava a impressão de estar em transe, de que ouvia e falava sem atenção, mal terminando as frases que começava.

Kovrin, por sua vez, continuava a trabalhar da mesma forma intensa e não percebia a comoção em que sua noiva e seu sogro se encontravam. O amor o deixara ainda mais motivado. Depois de pedir Tânia em casamento, voltara ao quarto e se atirara ao trabalho com paixão renovada. O que o monge negro lhe dissera – que era especial, destinado a servir à Verdade Eterna – deu um significado extraordinário ao seu trabalho e o conscientizou de que era predestinado. Uma ou duas vezes por semana, quando caminhava no parque ou mesmo na casa, encontrava o monge negro e mantinha uma longa conversa com a aparição. Em vez de ficar alarmado, convencia-se de que os encontros eram um privilégio de poucos, e que era um desses eleitos.

O dia do casamento finalmente chegou. Conforme o desejo de Iegor Semionovitch, a cerimônia foi celebrada com toda a pompa e circunstância. A festa durou dois dias e duas noites inteiros. Iegor gastou três mil rublos em comidas e bebidas. Mas a música da orquestra, os brindes barulhentos e a multidão que os cercava impediram os noivos de realmente apreciarem os vinhos caros e as iguarias vindas de Moscou.

VII

Em uma noite de inverno, Kovrin lia, na cama, um romance francês. Ao seu lado, Tânia, que desde que se mudara para a cidade passara a sofrer de enxaqueca, já dormia há muito. De vez em quando, ela falava coisas sem sentido, frases inarticuladas. Seus sonhos eram inquietos. Alguns, assustadores.

Às três horas, Kovrin apagou a vela e tentou dormir. Ficou deitado bastante tempo, mas não conseguiu pegar no sono. Achava que era por causa do calor que fazia no quarto e porque Tânia falava dormindo. Às quatro e meia, acendeu a vela de novo. Pensava em voltar a ler mais um pouco. Levantou-se. À sua frente, sentado na poltrona próxima da cama, viu o monge negro.

– Em que está pensando? – cumprimentou a aparição.

– Na fama – respondeu Kovrin. – No romance que estou lendo, há uma descrição de um jovem sábio que faz coisas tolas para conquistar a fama. Não entendo essa ansiedade.

– É porque você é brilhante. Sua atitude com relação à fama é a indiferença. É como um brinquedo pelo qual você já não se interessa.

– Sim, é verdade – concordou Kovrin e mudou de assunto. Começou a falar sobre felicidade.

– Sinto-me tomado de alegria em todos os momentos do dia. Não sei o que é tédio, monotonia ou tristeza. Sofro de insônia, é verdade, mas isso não me drena a energia. Estou começando a ficar perplexo – concluiu Kovrin.

– Por que ficar perplexo? – ponderou o monge. – A felicidade deve ser o estado natural do homem. Quanto mais desenvolvida em termos morais e intelectuais for a pessoa, mais felicidade a vida lhe traz.

– Mas será que os deuses continuarão a sorrir para mim? – riu Kovrin.

Nesse momento, Tânia acordou. Olhou espantada para o marido, conversando com a poltrona, rindo e gesticulando. Seus olhos brilhavam e suas risadas tinham um tom estranho.

– Andriusha, com quem você está falando? – perguntou.

– Como assim? – estranhou Kovrin. – Com ele – respondeu, apontando para o monge negro.

– Não há ninguém aí. Ninguém! Andriusha, você está doente!

Tânia levantou-se e abraçou o marido, cobrindo os olhos dele, como se quisesse protegê-lo da aparição.

– Andriusha, meu querido – balbuciava Tânia. Lágrimas corriam silenciosas pelo rosto. – Eu já tinha percebido que você não estava bem, meu amor. Sua mente está perturbada. Você está doente, meu Andriusha...

Os lamentos de Tânia afetaram Kovrin. Ele olhou de novo para a poltrona, que agora estava vazia, e sentiu suas pernas e seus braços tremerem. Ficou assustado.

– Não é nada, Tânia, não é nada – desculpou-se enquanto começava a se vestir. – Não estou mesmo muito bem. É hora de admitir.

– Eu já tinha percebido há muito tempo... E papai também – confessou ela, tentando abafar os soluços. – Você fala sozinho, sorri de um modo estranho... e não dorme – disse e, desta vez, não conteve o choro. – Não tenha medo, Andriusha, não tenha medo – murmurava entre lágrimas.

Tânia também começou a se trocar. Olhando para ela, Kovrin percebeu a situação perigosa em que se encontrava. Entendeu o significado do monge negro e de suas conversas. Deu-se conta, claramente, de que tinha enlouquecido. Uma sensação gelada, elétrica, correu por seu corpo.

Nenhum dos dois sabia por que tinham se vestido e ido para a sala de jantar. Lá, encontraram Iegor Semionovitch, que passava uma temporada com eles na cidade. Segurava um candeeiro e estava com seu camisolão de dormir. Tinha acordado com os soluços de Tânia, que repetia sem parar "não tenha medo, Andriusha", mais para si mesma do que para o marido. Kovrin estava muito agitado para falar. Queria dizer ao sogro algo espirituoso, apesar da situação. Algo como: "É, parece que perdi o juízo". Tudo o que fez, porém, foi dar um sorriso amargo e amarelo.

Às nove horas da manhã, Iegor Semionovitch e Tânia chamaram uma carruagem e acompanharam Kovrin ao médico.

VIII

Era verão de novo, e o médico recomendara que fossem para o campo. Kovrin havia se recuperado. Não via mais o monge negro e precisava apenas recobrar as forças. Na casa do sogro, não consumia álcool nem tabaco, tomava muito leite e trabalhava apenas duas horas por dia.

Em 19 de julho, véspera do dia de São Elias, quando se sacrifica o galo mais velho do galinheiro ao santo que controla as tempestades, foi celebrado um serviço religioso na casa. Quando o sacristão passou o incensário ao padre, a grande sala ficou cheirando como um mausoléu. Sentindo-se sufocado e entediado, Kovrin saiu para o jardim, sentou-se um pouco e, depois de um tempo, foi caminhar pelo parque. Chegou até a margem do rio, onde parou. Fazia um ano que estivera ali. Era outra pessoa agora. Seus passos tinham se tornado trôpegos e seu rosto, mais pálido.

Atravessou a ponte e foi até a outra margem. Em vez do centeio do ano anterior, o campo estava plantado com aveia. O sol já havia se posto, mas uma faixa de luz poente ainda brilhava no horizonte, tingindo as nuvens com a cor do cobre. Olhando na direção em que, um ano antes, tinha encontrado o monge negro, Kovrin ficou parado até ser completamente envolvido pela escuridão.

Quando voltou para casa, apático e insatisfeito, a cerimônia já havia terminado. Iegor Semionovitch e Tânia estavam conversando e tomando chá na varanda. Ao verem Kovrin se aproximar, pararam de falar. Pelas suas expressões, ficou claro que falavam sobre ele.

– Está na hora de você tomar seu leite – disse Tânia ao marido.

– Não, ainda não é hora – respondeu ele de mau humor. – Beba você se quiser. Eu não quero.

Tânia lançou ao pai um olhar preocupado e completou com uma voz culpada:

– Você mesmo percebeu que o leite está lhe fazendo bem.

– Sim, muito bem! – riu ele. – Engordei um quilo desde sexta-feira – admitiu, enfiando o rosto entre as mãos. – Por quê? Por que você me curou? Preparados de brometo, descanso, banhos quentes, supervisão constante a cada passo... Tudo isso me transformou em um idiota. Perdi a lucidez. Eu sofria de megalomania, certo, mas era alegre, confiante e até feliz. Era interessante e original. Agora, estou mais sensível, mais calmo, mas estou igual a todo o restante das pessoas. Tornei-me medíocre. Estou cansado da vida... Como vocês são cruéis comigo! Eu tinha alucinações, mas não fiz mal a nenhum de vocês.

– Santo Deus! – exclamou Iegor Semionovitch. – Chega a ser cansativo ouvir você.

– Então não ouça!

Agora, a presença de gente, especialmente a de Iegor Semionovitch, irritava Kovrin. Tratava o velho com frieza e desprezo, até mesmo com rudeza. Iegor Semionovitch ficava confuso, pensando no que teria feito de errado, embora não tivesse consciência de ter cometido qualquer inconveniência. Tânia exasperava-se tentando entender como aquele relacionamento, antes permeado de amizade e respeito, tinha degringolado tanto. Sabia apenas que seu casamento ficava pior a cada dia. Não cantava nem se divertia mais. No jantar, mal comia, tampouco dormia à noite, sempre esperando que algo ruim fosse acontecer. Estava esgotada.

– Como Buda, Maomé e Shakespeare tinham sorte! – continuou a reclamar Kovrin. – Seus entes queridos e médicos não os curaram do êxtase e da inspiração. Se Maomé tivesse tomado brometo para acalmar os nervos, trabalhado apenas duas horas por dia e bebido apenas leite, esse homem notável não teria deixado nenhum legado. Os médicos e os entes queridos terão sucesso em estupidificar toda a humanidade, em fazer a mediocridade passar por genialidade. Vão arruinar a civilização! Se soubessem o quanto sou grato a vocês... – ironizou.

Estava dominado por uma irritação insuportável. Para não ofender ainda mais a mulher e o sogro, adiantou-se e entrou na casa. Parou na sala de música. O ambiente calmo, carregado com a fragrância das folhas de tabaco e das jalapas que entrava pela janela aberta, o atraiu. A luz da lua caía sobre o assoalho, os móveis, o piano, envolvendo a superfície da sala com um brilho suave, branco. O perfume lembrou-lhe o entusiasmo que o tomara no verão anterior.

Tentando reproduzir aquela disposição, Kovrin foi até o estúdio, acendeu um charuto e pediu ao criado que trouxesse vinho. Mas o charuto lhe deixou um travo amargo na garganta, e o vinho já não tinha o mesmo sabor de um ano antes. A abstinência prolongada aumentou os efeitos do tabaco forte e do álcool, e Kovrin sentiu-se mal. Teve vertigens e palpitações e precisou tomar brometo.

Naquela noite, quando se deitou, Tânia se aproximou dele e sussurrou:

– Papai adora você, Andriusha. Você está com algum problema com ele, e isso o está matando. Ele está envelhecendo não de um mês para outro, mas de dia para dia. Peço a você, Andriusha, pelo amor de seu falecido pai, trate-o com respeito.

– Não posso e não quero.

– Mas por quê? – Tânia tremia. – Explique-me por que...

– Porque ele é antipático – grunhiu Kovrin. – Mas não vamos falar dele. Ele é seu pai...

– Não consigo entender. Não consigo – soluçou ela. Confusa e ferida, apertava uma mão contra a outra. Lágrimas transbordavam de sua dor, crispando seu rosto em uma expressão desolada. – Alguma coisa horrível está acontecendo nesta casa. Você mudou, ficou diferente. Um homem extraordinário, inteligente como você se irritar por picuinhas, por coisinhas... Acalme-se – disse e se pôs a beijar as mãos dele. – Você é inteligente, gentil, nobre. Trate bem meu pai. Ele é tão bom!

– Não, ele não é bom – cortou Kovrin. – Pode ter um bom temperamento, mas não é bom. Antigamente, senhores robustos e falantes como seu pai me atraíam, tanto como personagens de romances, como pessoas que encontrei ao longo da vida. Agora, porém, sinto repulsa por eles. São egoístas até a raiz do cabelo. O que me irrita é o fato de eles serem tão bem alimentados, a ponto de todo o seu otimismo vir de um estômago cheio.

Tânia sentou-se e abraçou o travesseiro.

– Isso é tortura – lamentou. Pela voz, podia-se perceber que estava exausta e que era difícil falar. – Meu Deus! Desde o inverno não temos um minuto de paz... Estou acabada...

– Ah, claro, claro – disparou Kovrin. – Eu sou Herodes, e você e seu pai, os inocentes. Claro.

Tânia achou o rosto dele feio, desagradável. O ódio não lhe fazia bem. Ela já havia percebido que alguma coisa mudara no rosto dele. Algo estava diferente, como se uma parte estivesse faltando. Queria insultá-lo, mas a compaixão arrefeceu a raiva e ela saiu do quarto. Estava amedrontada.

IX

Kovrin recebera uma cadeira na universidade. A aula inaugural na nova posição estava marcada para dois de dezembro. Contudo, no dia da palestra, ele passou um telegrama ao inspetor de alunos avisando que estava doente e não poderia comparecer.

Tinha hemorragia. Cuspia sangue o tempo todo. Mas duas ou três vezes por mês as crises eram piores, e ele perdia sangue em demasia. Por isso, acabou ficando muito fraco. Tinha tonturas com frequência. A doença não o assustava. Sua mãe havia vivido muitos anos em condições semelhantes. Além disso, os médicos lhe asseguraram que não corria perigo, desde que evitasse ficar nervoso, tivesse uma vida tranquila e falasse o mínimo possível.

Em janeiro, precisou adiar mais uma vez a palestra inaugural e, em fevereiro, já era tarde para começar o curso. Foi preciso transferi-lo para o ano seguinte. Àquela altura, já não vivia mais com Tânia, mas com uma mulher dois anos mais velha que ele, Varvara Nikolaevna. Ela cuidava dele como se Kovrin fosse um menino, e ele sempre cedia às suas observações. Assim, quando a mulher quis levá-lo para a Crimeia, concordou, mesmo pressentindo que a viagem não lhe faria bem.

Chegaram a Sebastopol à noite e pararam em um hotel para descansar e continuar a viagem até Ialta, na manhã seguinte. Estavam exaustos. Varvara Nikolaevna tomou chá e logo foi dormir. Kovrin, porém, não foi para a cama. Uma hora antes de ir para a estação de trem, recebera uma carta de Tânia, a qual ainda não tinha aberto. A carta estava no bolso de seu paletó e pensar naquilo o incomodava. Considerava, agora, que seu casamento com Tânia tinha sido um erro. Estava contente por ter se separado dela, e sua imagem tinha praticamente desaparecido de sua memória, a não ser pelos olhos grandes, brilhantes, inquisidores, inteligentes. A lembrança de Tânia despertava nele desprezo por si mesmo. A caligrafia no envelope lembrava-lhe o quanto tinha sido cruel e injusto com Tânia ao longo dos dois anos que o casamento tinha durado, o quanto tinha descontado nela sua ira, seu tédio, sua solidão, sua insatisfação com a vida.

Também lhe veio à mente a tarde em que, em um acesso, rasgou sua dissertação e todos os artigos que havia escrito durante a doença. Lembrou-se de que atirara os pedaços de papel pela janela, e eles caíram como neve sobre as flores e as árvores. Em cada linha daqueles textos, ele via pretensão, arrogância, megalomania. Era como se descrevessem seus vícios e defeitos. Mas, depois que os pedaços do último manuscrito voaram pela janela, foi tomado por um amargor que transbordou em raiva. Foi até sua esposa e a insultou, como se ela fosse culpada pelo estado em que se encontrava. Como a atormentara!

A carta que tinha no bolso evocara memórias que preferia ter deixado para trás. Envergonhava-se do que tinha feito. Como no dia em que, por algum motivo, querendo machucar Tânia, disse a ela que seu pai havia, na verdade, pedido que ele se casasse com ela. Iegor Semionovitch, que passava pela sala naquele momento, ouviu sem querer e, nervoso, dirigiu-se ao genro e à filha. Mas tinha perdido o controle. Tentava falar, mas a única coisa que saía de sua boca era um som gutural, incompreensível. Era como se tivesse perdido o dom da fala. Tânia, vendo o pai naquele estado patético, deu um grito e desmaiou. Foi horrível.

Kovrin andou até a sacada. Estava quente. O ar trazia o cheiro do mar. A baía, refletindo o luar e as luzes da cidade, estava especialmente bela, misteriosa, banhada em uma cor impossível de definir – uma combinação de tons de azul e de verde que, aqui e ali, metamorfoseava-se em negro ou em chumbo. Em alguns lugares, era índigo e, em outros, parecia que o luar havia se liquefeito em um mar de luz e ocupado o espaço da água. Risos de mulher vinham do andar de baixo. Provavelmente, estavam dando uma festa.

Com um esforço, Kovrin pegou o envelope do bolso e o abriu. Entrando de volta no quarto, começou a ler:

"Meu pai acaba de morrer. Devo isso a você, pois foi você quem o matou. Nosso pomar está arruinado. Já está na mão de estranhos, o que era exatamente o que papai mais temia. Isso também devo a você. Odeio você do fundo da minha alma e espero que desapareça logo. Como sou desgraçada! Uma angústia insuportável queima minha alma... Eu o amaldiçoo. Achei que você fosse um homem extraordinário, um gênio. Amei você com abandono e você se revelou um louco..."

Kovrin não conseguiu mais ler. Rasgou a carta e a jogou no chão do quarto. Foi tomado por um mal-estar que beirava o terror. Varvara Nikolaevna ainda dormia. Ele ouvia sua respiração lenta e pesada. No andar abaixo do seu, as risadas da festa continuavam a ecoar, mas sua sensação era a de que não havia ninguém no hotel além dele. Tânia, infeliz e tomada pela dor do luto, o havia amaldiçoado e desejado sua morte. Estava amedrontado. Olhava para o chão, como se de lá fosse reaparecer aquela força misteriosa que dois anos antes trouxera tanta devastação para sua vida. Temia ser dominado por ela de novo.

Sabia, por experiência, que, quando seus nervos estavam abalados, a melhor coisa a fazer era trabalhar. Precisava sentar-se à escrivaninha e se concentrar em algum pensamento. Tirou de sua pasta o rascunho de um texto que trouxera, caso a viagem à Crimeia se tornasse tediosa. Pôs-se a trabalhar no manuscrito e sua mente se acalmou um pouco.

Contudo, ao ler o texto, começou a pensar em si mesmo, em sua carreira, seus estudos, sua doença. O casamento infeliz, a dor que causara a pessoas queridas. Reviu sua própria história e percebeu-se medíocre. Longe do gênio predestinado que julgara ser, era um homem comum, igual a todos os outros, alguém que tivera de se esforçar demais para obter uma cadeira na universidade antes dos quarenta anos e que perdera a saúde e a felicidade no processo. E ao se ver como alguém medíocre, resignou-se. Achava que todos devem se conformar com o que são.

O trabalho e a reflexão o teriam acalmado completamente, mas a carta rasgada no chão o impedia de se concentrar. Levantou-se, recolheu os pedaços de papel e os jogou pela janela. Porém, o vento do mar soprou o papel picado de volta, espalhando-o no parapeito. Novamente, foi tomado por uma emoção semelhante ao terror e sentiu que não havia mais ninguém no hotel além dele.

Angustiado, saiu para a sacada uma vez mais. As luzes da baía pareciam olhos a observá-lo. Do andar abaixo, subiu um som de violino, e duas vozes de mulher começaram a cantar a mesma canção que ouvira no entardecer que encontrou o monge negro pela primeira vez. Sentiu o coração pesado, machucado. De repente, como um vento que dissipa as nuvens e revela o sol, Kovrin sentiu o estranho prazer e o entusiasmo que antes o dominavam, e que já estavam quase esquecidos.

Uma coluna negra, como um redemoinho, surgiu flutuando sobre a baía. Movia-se com incrível velocidade, vindo na direção do hotel, ficando cada vez menor e mais escura à medida que se aproximava. Kovrin mal teve tempo de sair do caminho para deixar o redemoinho passar. O monge vestido de negro, com cabelos grisalhos, descalço e de braços cruzados, flutuava acima dele, no meio do quarto.

– Por que não acreditou em mim? – perguntou, em tom de censura. – Se tivesse acreditado no que eu disse, que você era um gênio, não teria passado esses dois anos de melancolia e insatisfação.

Imediatamente, Kovrin voltou a achar que era um predestinado, alguém que ajudaria a abrir o caminho da verdade à humanidade. Animado, tentou conversar com o monge da forma como fazia no passado. Mas não conseguiu falar. Sua garganta começou a sangrar terrivelmente. Assustado, tentou chamar Varvara Nikolaevna, que ainda dormia. Pronunciou, porém, o nome da ex-mulher.

– Tânia... – gemeu. – Tânia...

Chamou Tânia, chamou o grande pomar, o jardim colorido de flores suadas de orvalho, chamou o parque com seus grandes pinheiros, o campo de centeio balançando ao vento, chamou sua juventude, sua coragem, sua alegria. Chamou a vida, que havia sido tão boa. Percebeu que tinha caído, que estava no chão. Junto ao seu rosto, uma grande poça de sangue se espalhava pelo assoalho. Estava fraco demais para pronunciar qualquer palavra. Foi, contudo, inundado por uma felicidade infinita, inexprimível. As notas da canção que entravam pela janela eram belas e reconfortantes, e o monge negro sussurrava em seus ouvidos, dizendo que ele era um gênio e que estava morrendo porque seu frágil corpo de homem não comportava mais sua grandeza.

Quando Varvara Nikolaevna despertou na manhã seguinte, Kovrin estava morto. Estranhamente, um sorriso de incrível felicidade estampava seu rosto.

13. A câmara atapetada
Walter Scott

Poeta, novelista e biógrafo, o escocês Walter Scott (1771-1832) foi o primeiro escritor de língua inglesa a ter sucesso internacional ainda em vida. Durante um tempo, até ser eclipsado por Gordon Byron, Scott era considerado o poeta mais admirado de sua época, cativando leitores em toda a Europa, Austrália e América do Norte. Seus romances ainda são lidos hoje em dia – apesar da linguagem rebuscada e das longas descrições, características do Romantismo –, e muitas das suas obras são tidas como clássicos das literaturas escocesa e inglesa. Seus trabalhos mais famosos são *Ivanhoe*, *Rob Roy*, *Waverley* e *A noiva de Lammermoor*.

Vítima de poliomielite durante a primeira infância, o que o deixou manco até o final da vida, Scott foi morar na fazenda dos avós, no interior da Escócia. Lá, aprendeu a ler e a escrever com sua tia, Jenny. Mais que isso, Jenny mostrou ao menino o universo dos contos folclóricos escoceses. Mais tarde, em sua carreira de escritor, Scott usaria essa influência nos seus contos e romances.

Depois de conquistar reputação como poeta, Scott começou a escrever romances e contos baseados nas histórias e casos da tradição oral escocesa. Na época, a prosa era considerada esteticamente inferior à poesia e, não querendo perder prestígio, Scott publicou seu primeiro romance, *Waverley*, sob um pseudônimo.

O sucesso imediato atraiu a atenção dos leitores. Todos queriam saber quem era o autor desconhecido. Scott, porém, continuava a manter a fachada. Nessa época, ficou conhecido pelo apelido de Mago do Norte. A fama era tanta que, em 1815, ele teve a honra de jantar com o príncipe regente George, que queria conhecer – ou saber quem era – o "autor de *Waverley*". Foi só em 1827 que ele revelou ser o Mago do Norte. Nessa época, a montanha-russa da vida levara Scott, um dos mais bem-sucedidos autores de seu tempo, a uma grande queda.

Advogado e xerife do condado de Selkirk, no interior da Escócia, membro de uma família abastada, o sucesso literário de Scott o ajudou a ficar rico. Contudo, em 1826, a editora da qual era sócio faliu, devido à crise bancária que assolou a Grã-Bretanha. Aos 55 anos, com a saúde fraca, Scott se viu devendo uma fortuna. Em vez de declarar falência ou aceitar ajuda de seus muitos admiradores, entre eles o próprio rei da Grã-Bretanha, Scott resolveu escrever para pagar as dívidas.

Sem desanimar, continuou a criar livros de sucesso, inclusive uma extensa biografia de Napoleão Bonaparte, lançada em 1827. Produzia de modo febril, sem descanso. Contudo, o excesso de trabalho cobrou seu preço: sua já frágil saúde começou a piorar. Mesmo assim, Scott ainda escreveu dois outros romances, *Conde Roberto de Paris* e *O castelo perigoso*, ambos em 1831, e fez uma excursão literária pela Europa.

Mas a magia tinha se acabado. Ao voltar da excursão para Abbotsford, sua mansão, o produtivo autor adoeceu gravemente e, pouco depois do retorno, em 21 de setembro de 1832, morreu em casa, de causa desconhecida. Embora ainda devesse quando faleceu, os rendimentos de seus livros acabaram saldando suas dívidas.

Apesar de seus romances ainda serem populares, a partir das últimas décadas do século XIX, com o surgimento da escola Realista, sua obra passou a ser vista mais criticamente, e seus textos passaram a ser considerados mais adequados para o público infantil. Contudo, sua importância como inovador continua a ser reconhecida. Ele é considerado o inventor do moderno romance histórico.

"A câmara atapetada", um clássico da literatura gótica, foi publicado no anuário literário *The Keepsake Stories*, no Natal de 1828. Scott ouviu essa história de certa senhorita Seward, segundo ele, célebre contadora de histórias, e a relatou insinuando que ela pode ter sido real. O protagonista é um soldado experiente mas, ainda assim, aterrorizado por uma aparição fantasmagórica. Embora não tenha sofrido nenhum mal, a visão bastou para drenar toda a sua coragem marcial.

A CÂMARA ATAPETADA
Walter Scott

Entre os oficiais que se renderam em Yorktown, no final da Guerra de Independência norte-americana, e que ficaram aprisionados nos Estados Unidos até o final do conflito, estava o general Richard Browne – um oficial de mérito e cavaleiro muito bem relacionado. Agora, ele voltava para casa com os outros soldados libertados.

Pouco depois de chegar à Inglaterra, Browne precisou viajar para as terras remotas do oeste inglês. Certa manhã, viu-se nas vizinhanças de uma pequena aldeia, do tipo que pouco mudou com o passar do tempo. Perto da pequena vila de casas antigas e bem-cuidadas, pouco além do riacho que murmurava ao passar pelos arredores do vilarejo, ficava o castelo, erguido ainda no tempo da Guerra das Rosas, quando os York e os Lancaster se engalfinharam pelo trono da Inglaterra. Não era grande e, vendo sair fumaça das chaminés, o general Browne deduziu que estava habitado.

Atraído pela vista parcial do castelo, cercado por bosques e clareiras, Browne resolveu perguntar a respeito e descobrir se não valeria a pena visitar o lugar. A estrada levou o cavaleiro até uma rua limpa e pavimentada. Ele parou em frente a uma taberna bem frequentada e entrou. Substituiu seus cavalos cansados por outros descansados e indagou ao taberneiro sobre o castelo. Descobriu, surpreso, que pertencia ao lorde Frank Woodville, um amigo de infância, que havia frequentado a escola com ele. O tempo e a carreira os tinham afastado, mas seria uma ótima oportunidade de rever o velho amigo. Na verdade, grande parte de suas memórias da adolescência estava relacionada a Frank Woodville.

Browne soube, conversando com o taberneiro, que Woodville havia herdado recentemente a propriedade do pai, falecido havia menos de um ano. Naquele início de outono, o lorde estava recebendo um grupo de amigos que tinham vindo até aquela região remota por conta da caça abundante e de outros esportes.

Então Browne foi até o castelo.

O porteiro o recebeu e soou um sino para avisar a chegada do visitante. Ao entrar no pátio, Browne encontrou-se com vários caçadores, que conversavam sobre suas aventuras naquela manhã. Lorde Woodville chegou pouco depois e, ao ver o estranho, não o reconheceu de imediato. As campanhas, os ferimentos e os maus tratos na prisão haviam deixado marcas em Browne. Contudo, depois de examinar melhor o recém-chegado, Woodville reconheceu o velho amigo. Cumprimentaram-se, felizes com o reencontro inesperado.

– Você não imagina como eu queria que você estivesse aqui conosco, meu caro Browne. Não pense que não tenho acompanhado sua carreira. Soube dos perigos, das vitórias, das desgraças pelos quais passou e fiquei orgulhoso de ver que, vencendo ou perdendo, suas ações são sempre reconhecidas.

Browne agradeceu e respondeu ao cumprimento elogiando o belíssimo castelo.

– Você não viu nada ainda – disse Woodville. – Espero que possa passar alguns dias conosco para conhecer melhor a propriedade. A única coisa é que estou hospedando um grupo grande e a velha casa não tem tantos quartos quanto a vista exterior do castelo sugere. Mas podemos acomodá-lo em um quarto que, apesar de antiquado, acredito ser melhor que muita acomodação que você usufruiu em suas campanhas.

– Aposto que seu pior quarto no castelo é muito superior ao barril de tabaco onde eu tinha de passar a noite quando estava nas matas da Virgínia com minhas tropas – riu Browne.

– Sendo assim, quero que fique comigo por pelo menos uma semana – convidou Woodville. – Temos armas, cães, varas de pescar e outros apetrechos de sobra. É só escolher a atividade e damos um jeito de realizá-la. Se preferir caçar perdizes, vou com você. Quero ver se sua pontaria melhorou no tempo em que passou com os índios.

O general aceitou prontamente o convite do amigo e, depois de um dia de caçadas e cavalgadas, os hóspedes se reuniram para o jantar. Woodville deu atenção especial a Browne e pediu que ele contasse aos convidados as aventuras que enfrentou nas matas da Virgínia. Ficou claro a todos que o general era um homem que mantinha o controle mesmo diante do perigo grave e enfrentava essas situações com coragem.

O dia no castelo Woodville terminou como de costume em tais mansões. Ao jantar, seguiram-se bebidas, depois música, no que o lorde era proficiente, e, então, jogos de bilhar e baralho. Mas os exercícios matinais exigiam que se deitassem cedo. Assim, por volta de onze horas, os hóspedes começaram a se retirar para seus apartamentos.

O próprio Woodville acompanhou Browne até o quarto. A câmara era confortável, embora, como ele mesmo avisara, um tanto antiquada. A cama, enorme e maciça, era do tipo usado no final do século XVII e o cortinado estava muito desbotado. Mas os lençóis, travesseiros e cobertores pareceram perfeitos a Browne, especialmente quando se lembrou do barril de tabaco no qual dormiu algumas vezes durante a campanha nos Estados Unidos. Os móveis antigos e as cortinas rotas davam ao aposento um ar lúgubre, mas a luz das duas grandes velas e o calor da lareira acesa tornavam a velha câmara acolhedora.

Woodville se desculpou por hospedar o amigo ali e Browne tranquilizou-o dizendo que toda aquela antiguidade lhe interessava muito.

– Prefiro me hospedar aqui, em sua companhia, do que no melhor hotel de Londres – bajulou.

Woodville desejou boa-noite e se retirou. Browne, vendo-se sozinho no apartamento, sentiu prazer em estar de volta a um lugar tranquilo, cercado de amigos.

No dia seguinte, o grupo se reuniu para o café logo cedo, mas o general não estava entre eles. Woodville mandou chamá-lo e soube, pelo criado, que seu amigo já se levantara havia muito tempo e que estivera caminhando pelo parque do castelo desde então, apesar do tempo frio e da espessa neblina.

– Esses militares se acostumam a levantar antes do nascer do sol e a estar sempre de prontidão – comentou Woodville com seus convidados para justificar a ausência de Browne. Ele mesmo, porém, não estava convencido de que a desculpa que dera fosse o real motivo da ausência do general. Esperou em silêncio que este voltasse.

Quando Browne chegou, estava em um estado no qual um homem na posição dele jamais se apresentaria. As roupas estavam amassadas e sujas; os cabelos, desalinhados e emaranhados; a barba por fazer; os olhos tinham uma expressão selvagem de temor e atenção.

– Não quis nos esperar para caminhar, meu caro general? – saudou Woodville, como se não tivesse notado a aparência de Browne. – Ou sua cama estava mais desconfortável do que eu julgava? Descansou bem a noite passada?

– Muito bem. Nunca dormi tanto em minha vida – respondeu o militar. Havia um tom de embaraço em sua voz, o que levava a desconfiar da afirmação. Deu um gole rápido no chá à sua frente e calou-se, distanciando-se dos demais, perdido em pensamentos.

– Vai nos acompanhar na caçada, general? – Woodville tentou animá-lo, mas precisou repetir a pergunta umas duas vezes antes que seu convidado respondesse.

– Ah, não, lorde Woodville – disse Browne. – Sinto muito, mas não terei oportunidade de passar mais um dia sequer com o senhor. Já pedi que encilhassem meus cavalos para que eu possa prosseguir viagem.

Woodville pareceu surpreso.

– Como assim, general? Prometeu-me passar pelo menos uma semana comigo – protestou o dono do castelo.

– Na alegria do nosso reencontro, prometi mesmo passar alguns dias com meu velho amigo, mas agora me é totalmente impossível continuar aqui – justificou, sem graça, o general.

Woodville emendou alguns protestos, tentado convencê-lo a mudar de ideia, mas Browne foi resoluto, indicando que sua decisão estava tomada. Enquanto conversavam, Woodville levantou-se e, convidando o amigo a ver a vista do vale, que agora se abria depois de a neblina ter sido dissolvida pelo sol, afastou-se dos seus hóspedes acompanhado de Browne.

– Richard, meu velho amigo – começou Woodville –, agora que estamos sozinhos, diga-me como você realmente passou a noite passada? Vamos, conte, sem nenhum embaraço.

– Passei miseravelmente, meu amigo – respondeu o general, com um tom solene. – Foi tão ruim que eu não passaria uma segunda noite aqui nem mesmo se recebesse parte das terras do castelo.

– Extraordinário! – exclamou Woodville, como se falasse para si mesmo. – Deve mesmo ter alguma verdade nas histórias sobre aquela câmara – resmungou. E voltou-se para o general: – Por favor, caro amigo, conte-me com detalhes o que aconteceu a noite passada.

– Receio, com o que vou contar, passar por um tolo supersticioso, mas você me conhece desde a infância e sabe que não era fraco de espírito nem frágil, e não foi agora, depois de adulto e de tantas batalhas, que me tornei assim.

Woodville interrompeu-o afirmando que sabia bem da coragem e do bom senso do amigo. Browne continuou.

– Logo que você me deixou, ontem à noite, troquei de roupa e fui me deitar. Mas as brasas da lareira e as lembranças das boas horas que passamos juntos me impediram de dormir. Eram recordações alegres, nada tinham de lúgubres, e eu estava feliz porque os maus momentos da guerra tinham passado e agora eu estava reunido com um velho amigo. Com esses pensamentos em mente, fui sendo tomado pelo sono e acabei adormecendo. De repente, porém, fui despertado por um som parecido com o roçar de um vestido de seda e com o bater de saltos altos no chão, como se uma mulher estivesse na câmara. Afastei as cortinas e vi uma senhora pequena passando entre a cama e a lareira. Ela estava de costas para mim, mas percebi que era idosa e a roupa que usava, antiga.

Browne fez uma pausa, olhando para o vazio. Estava revendo mentalmente a cena.

– Achei estranha a intrusão – continuou –, mas não pensei nada além de que tinha diante de mim uma senhora vestida à moda antiga que, tendo sido desalojada de seu quarto para me dar lugar, tinha se esquecido e voltado até lá. Pensando assim, tossi um pouco, para indicar à senhora que eu estava ali.

Browne parou de falar um pouco e olhou para o amigo com olhos angustiados, antes de prosseguir.

– Ela se virou devagar e... Santo Deus! Nunca tinha visto nada assim. Seu rosto estava crispado pelo *rigor mortis*. Tinha as feições de um cadáver que morrera de um suplício tremendo. Em seus olhos brilhava uma crueldade como nunca vi em nenhuma batalha da qual participei. Quanto ao corpo, em avançado estado de decomposição, parecia ter sido animado por uma alma corrupta que o possuíra e o tirara da tumba. Sentei-me na cama, o cabelo em pé. A morta-viva deu um único passo em minha direção e curvou-se diante de mim, colocando seu rosto bem próximo do meu. Sua boca estava distorcida num sorriso maléfico, o olhar brilhava de ódio.

O general Browne parou, revendo a imagem medonha. Enxugou o suor que escorria em sua testa antes de continuar.

– Lorde Woodville, não sou nenhum covarde. Enfrentei perigos mortais nas várias batalhas que travei. Fui até mesmo ferido em combate... Mas, diante daquela encarnação do mal, o sangue congelou em minhas veias. Fiquei paralisado e... desmaiei, como qualquer menina de dez anos que tivesse visto um fantasma. Não sei quanto tempo fiquei assim. O relógio do castelo me tirou do transe de terror, quando badalou uma hora. Abri os olhos devagar, ainda temendo ver o fantasma na minha frente. Pensei em levantar e tocar o sino para chamar o criado, mas tive medo, admito, de dar com aquele cadáver animado espreitando em algum canto da câmara. Passei apavorado o resto da noite, sem conseguir dormir, vigiando cada canto do apartamento à procura daquele ser do outro mundo. Sob a luz das velas, todos os objetos do quarto pareciam me assombrar. Meus nervos ficaram – e ainda estão – à flor da pele. Finalmente, começou a amanhecer. A luz que clareava o quarto quebrou minha paralisia e pude levantar. Estava me sentindo péssimo e humilhado, envergonhado de mim mesmo como homem e soldado. Queria sair imediatamente daquele apartamento assombrado. Vesti-me sem qualquer cuidado e saí o mais rápido que pude da mansão, tentando me acalmar ao ar livre. É esse o motivo, meu amigo, de eu me encontrar neste estado e de querer sair de seu castelo o quanto antes.

Woodville não questionou seu hóspede. Ouviu-o atentamente, sem fazer comentários. Tampouco sugeriu qualquer possibilidade que contradissesse o amigo. Ao contrário, parecia aceitar o que Browne contava sem refutar. Quando acabou de ouvir, parecia consternado.

– Sinto muito pelo que aconteceu, meu caro Browne. Isso é resultado de uma infeliz experiência que resolvi fazer. A câmara onde você ficou hospedado a noite passada ficava fechada nos tempos do meu pai e também nos do meu avô, por conta das histórias de aparições e ruídos estranhos. Mas, quando herdei a propriedade, algumas semanas antes de sua chegada, achei que os espíritos não tinham direito de ocupar um apartamento tão confortável, e que este deveria ser reservado aos vivos. Por isso, mandei que a câmara atapetada, como a chamamos, fosse aberta. Sem destruir seu ar de antiguidade, acrescentei alguns móveis modernos e a deixei pronta para ser usada. Mas não pude evitar que os criados e os vizinhos continuassem a acreditar que o quarto era mal-assombrado. Por isso, eu ainda não tinha hospedado ninguém naquele apartamento. Confesso, meu caro Browne, que sua chegada me deu a oportunidade de acabar de vez com os rumores a respeito do aposento, pois você é um soldado, treinado para enfrentar o perigo, e não é supersticioso.

– Agradeço a oportunidade, lorde. Lembrarei durante muito tempo as consequências da sua experiência, como chamou.

– Por favor, Browne, você está sendo injusto comigo. Eu não acreditava que fosse acontecer qualquer coisa. Até esta manhã, eu era completamente cético quanto às aparições sobrenaturais. Foi um erro, mas não fiz de propósito.

– Não posso recriminá-lo por me tratar como eu sempre acreditei ser antes da noite passada, isto é, um homem firme e corajoso. Bem, lorde, meus cavalos chegaram e não vou detê-lo mais. Você tem hóspedes esperando.

– Não se preocupe, meu velho amigo. Já que não pode mesmo ficar nem um dia mais, espere pelo menos mais meia hora. Você costumava gostar de pintura e eu tenho uma galeria de retratos, alguns pintados pelo próprio Van Dyke. São de meus ancestrais, os antigos donos deste castelo.

O general Browne aceitou o convite com relutância. Mal podia esperar o momento de deixar aquele lugar para trás. Não pensava, porém, em recusar o pedido do amigo. Lorde Woodville conduziu-o através de várias salas até uma galeria cujas paredes eram cobertas pelos retratos dos antigos senhores do castelo de Woodville.

O lorde apontava as pinturas e dava detalhes. Aqui, um de seus ancestrais que havia perdido a propriedade para apoiar o rei; lá, a dama que havia, por meio de casamento, recuperado o castelo. Mais adiante, um cavalheiro que havia se arriscado por apoiar o rei exilado; ao seu lado, outro, que havia jogado simultaneamente nos lados opostos do campo político para sobreviver.

Browne ouvia sem prestar muita atenção aos comentários de Woodville. Tinham chegado ao meio da galeria. De repente, o general parou de andar, como se algo o tivesse atingido. Estancou estupefato diante do quadro de uma senhora um tanto idosa, vestida à moda do final do século XVII.

– É ela! – exclamou. – É a mesma bruxa que me visitou ontem à noite, embora sua expressão estivesse bem mais demoníaca do que na pintura.

– Então não há dúvidas da terrível realidade da sua aparição. Este é o retrato de uma ancestral cujo catálogo de crimes inclui incesto e assassinatos brutais, muitos cometidos na câmara atapetada. Agora, vou seguir a sabedoria de meus predecessores e fechar novamente o quarto maldito.

Os dois amigos se despediram. Marcados para sempre por aquela experiência, estavam agora unidos por uma memória horripilante. O lorde mandou selar o quarto e Browne foi buscar, em paragens menos belas e com amigos menos importantes, esquecer-se da noite macabra que passou no castelo de Woodville.

O autor

Sempre fui fascinado por histórias, a ponto de me tornar um colecionador delas. Penso como o escritor norte-americano Paul Auster, que disse que as pessoas precisam de histórias tanto quanto necessitam de ar e de alimento. Elas nos mostram caminhos, transportam nossa mente no tempo, criam emoções, informam, fascinam e nos tornam mais sábios. As histórias, de certa forma, aproximam-nos da magia.

E, por gostar tanto de histórias, tornei-me escritor, jornalista, tradutor e editor. Assim, elas se tornaram o objeto e o objetivo do meu trabalho. Por meio das histórias, desperto a memória dos mortos, visito eras passadas, viajo para países e mundos exóticos, conheço usos e costumes, modos e maneiras de todos os homens e mulheres que já viveram neste planeta e converso, por meio de texto, com as mentes mais brilhantes, vivas ou finadas. Porque é isso que acontece com qualquer um que lê, ouve ou reconta uma história: uma verdadeira mágica.

Um dos gêneros de que mais gosto são os contos de fantasmas de todas as épocas e povos, sejam folclóricos ou literários. Sempre impressionantes, eles nos mostram um aspecto crucial da nossa condição humana: a certeza da morte e a especulação do que virá depois – ou se haverá depois.

E estas são minhas histórias de fantasmas preferidas, as que julgo mais intrigantes, inspiradoras, um tanto aterrorizantes e – por que não? – divertidas. E, como os fantasmas trazem antiguidade, evocam outras épocas, falam de tempos passados, escolhi uma palavra antiga para dar nome a esta antologia: *Avantesmas*, que significa "fantasmas", em português arcaico. Dessa forma, ressuscito, junto com os fantasmas, também uma palavra morta. Uma palavra estranha com a qual quero fazer você lembrar que, provavelmente, há alguém mais lendo estas histórias por cima de seus ombros. Alguém que você pode não estar vendo, nem sentindo, ou, sequer, percebendo.

O *ilustrador*

Nasci em São Paulo já desenhando livros.

Lápis de cor, canetas e papéis nunca faltaram em casa para mim e para meu irmão Bruno, e a cada viagem que fazíamos ganhávamos, cada um, um caderno de desenho novo, que era preenchido incessantemente durante nossos longos dias de férias. Não importava para nós se os cadernos ficavam sujos de barro durante nossas andanças seguindo o riacho em Cascata, sítio de meu avô entre São Paulo e Minas. Muito menos se as canetas entupiam com a areia das praias de Peruíbe ou Guarujá. O que importava é que a mão não podia parar. A cabeça também não. Não só o material era abundante, como também livros, livros e mais livros. Os queridos personagens de Lobato, o jovem herói de Lúcia Machado de Almeida, os aventureiros de Tolkien e Verne e até o espião de Fleming nos acompanhavam sempre e preenchiam páginas e páginas de nossos cadernos. Tudo era muito intenso e grandioso, pois para nós o mundo real nunca era o bastante.

Hoje, quase 40 anos depois, continuo com o mesmo sentimento e volto a ser aquele moleque que fui toda vez que tenho a tarefa de ilustrar um novo livro. Que sorte a minha!